Klarant Verlag

Alfred Bekker ist ein bekannter Autor von Krimis, Fantasy-Romanen und Jugendbüchern. Seine Romane erreichten eine Gesamtauflage von über 3 Millionen Exemplaren und wurden in zahlreiche Sprachen übersetzt. Väterlicherseits stammt seine Familie aus Ostfriesland. Sein Großvater war jahrzehntelang Bürgermeister von Twixlum, die dortige Thedastraße ist nach seiner Großmutter benannt. Er selbst lernte als Zehnjähriger auf dem Großen Meer das Segeln und kehrte auch später mit der eigenen Familie immer wieder im Urlaub dorthin zurück. So lag es für ihn nahe, diese Gegend auch zum Schauplatz seiner Kriminalromane zu machen.

Alfred Bekker

Die Tote am Borkumkai

Ostfrieslandkrimi

Klarant Verlag

Copyright © 2019 Klarant GmbH, 28355 Bremen
Klarant Verlag, www.klarant.de – www.ostfrieslandkrimi.de
ISBN: 978-3-96586-019-3
1. Auflage 2019
Umschlagabbildung: Klarant Verlag

Printed in the EU.

Kapitel 1

Es war dunkel. Das unbeleuchtete Boot fuhr hinaus auf die Nordsee. Das Geräusch des flatternden Segels verlor sich in den Geräuschen der Nordsee. Der Wind verschluckte es fast. Es mischte sich mit dem Rauschen und Pfeifen und den vereinzelten Schreien von Möwen.

Ein Schatten bewegte sich auf dem Boot, das sich jetzt etwas drehte. Es musste sich anstrengen, um nicht ein Spielball der teilweise entgegengesetzten Kräfte zu werden. Die Flut drückte das Wasser Richtung Dollart und Ems-Mündung, aber die Strömung der Ems genau entgegengesetzt Richtung Borkum.

Die Segel wurden jetzt gelockert. Sie flatterten im Wind.

Das Boot trieb dahin.

Die seitlich kommenden Wellen sorgten dafür, dass es ordentlich schaukelte.

Dem Schatten an Bord schien das nichts auszumachen.

Er war das anscheinend gewöhnt, sodass es seinen Gleichgewichtssinn nicht beeinträchtigte. Die Gestalt trat an die Reling. Lichter waren in der Dunkelheit zu sehen und erinnerten aus der Ferne an den Schimmer von Sternen. Auf der einen Seite die Lichter von Delfzijl in Holland, im Osten die der Siedlungen an der Knock und auf der Krummhörn. Der Schimmer hinter dem Horizont musste Emden sein. Und im Norden, Richtung Borkum leuchtete auch irgendetwas. Vielleicht ein Leuchtturm. Die Fähre war es nicht, denn die würde erst am Morgen wieder zwischen der Insel und dem sogenannten Borkumkai des Emder Außenhafens verkehren, um jede Menge Touristen hin und her zu bringen.

Die einen hatten ihren Urlaub gerade vor sich, für die anderen war er zu Ende. Und Pendler zwischen Insel und Festland gab es natürlich auch.

Der Schatten öffnete jetzt die Kajüte.

Niemand hätte das sehen können, selbst ein hypothetischer Beobachter nicht, auch wenn er sich in unmittelbarer Nähe befunden hätte. Dazu war es einfach zu dunkel, zumal jetzt auch noch der Mond für einige Zeit von dahinziehenden Wolken bedeckt wurde.

Aber man konnte hören, was der Schatten tat, denn beim Öffnen der Kajüte entstand ein durchdringender, quietschender Laut.

Der Schatten stieg die wenigen Stufen hinab ins Innere.

Nur Augenblicke später schleifte er etwas an Deck.

Dann hievte er dieses Etwas über die Reling.

Es war ein menschlicher Körper.

Eine Hand verhakte sich im Sicherheitsnetz an der Reling.

Wenig später plumpste der Körper ins Wasser.

Ein Mensch, der dort sein nasses Grab finden würde.

In Ewigkeit.

Für ein paar Augenblicke fiel das fahle Licht des nun wieder durch die Wolken hindurchschimmernden Mondes auf den treibenden Leichnam. Für kurze Zeit war der Körper noch an der grauen Wasseroberfläche zu sehen.

Dann hatte die See ihn verschluckt – wie so viele zuvor auch schon.

»Wat mutt dat mutt«, sagte eine Stimme, deren Klang sich mit dem Wind, dem Möwengeschrei und dem Meeresrauschen so vermischte, dass all das zusammen einen mehr oder minder gespenstischen Chor ergab.

Wenig später wurden die Segel wieder angezogen. Der Wind drückte hinein. Das Boot gewann schnell Fahrt, fuhr noch ein Stück Richtung Delfzijl und drehte dann in einem weiten Bogen, um sich anschließend wieder in Richtung der ostfriesischen Küste zu bewegen.

Kapitel 2

Kriminalhauptkommissar Steen aß an diesem sonnigen Morgen im Emder Stadtgartencafé sein Frühstück und genoss die Aussicht auf den Ratsdelft. Es war ein diesiger, kühler Tag. Ein böiger Wind blies aus Nordwest durch die Häuserzeilen von Emden.

Steen war in Gedanken versunken.

Die letzten Tage waren auf seiner Dienststelle ausnahmsweise mal ruhig und gemächlich verlaufen. Und vor allem ohne Stress. Also alles in allem genau so, wie er es mochte.

»Na, Moin! Wat machst du denn hier?«, drang eine etwas schrill klingende, sehr hohe Frauenstimme in Steens Bewusstsein.

Eine Stimme, die Steen sofort wiedererkannte – obwohl er sie gerne vergessen hätte.

Muss das jetzt wirklich sein?, dachte er. Und dabei hatte der Morgen so schön begonnen.

Die Frau setzte sich zu ihm.

Sie war in Steens Alter. Etwa fünfzig. Und da sie sich in den letzten Jahrzehnten stark verändert hatte, gab es eigentlich nur drei Merkmale an ihr, die gleich geblieben waren: die schrille Stimme und das boshafte Glitzern in ihren Augen. Und das schiefe Lächeln. Ein falsches, von Schadenfreude geprägtes Lächeln, das Steen schon früher nicht hatte ausstehen können.

Er sah sie nicht an.

Sie setzte sich zu ihm.

»Heh, mal wieder da oben Ebbe bei Ebbo!«, sagte sie und zeigte dabei auf Ebbo Steens Stirn. Ihr schiefes Lachen wurde dabei noch breiter. »Das hat doch unser Lehrer damals zu dir gesagt, nicht wahr?«

»Hm.«

»Das war echt witzig. Ich könnte mich heute noch vollmachen vor Lachen.«

»Ach, wirklich?«

»Mann, war das lustig damals!«

»Kennen wir uns?«

»Ebbo, jetzt tu doch nicht so! Da sehen wir uns nach Jahrzehnten mal wieder und du bist immer noch die Spaßbremse, wie sie im Buche steht!«

»Du musst mich mit jemandem verwechseln.«

»Ebbo!«

»Niemand nennt mich noch Ebbo!«

»Ja, wie soll ich dich denn sonst nennen? Herr Steen vielleicht? Komm, jetzt mach dich nicht lächerlich. So spießig kannst doch selbst du nicht geworden sein!«

»Du kannst mich gerne Kommissar nennen«, sagte Steen.

»Ich kann doch nicht Kommissar zu dir sagen! Hallo! Wer bin ich denn! Mareike Willarts sitzt hier, deine ehemalige Mitschülerin!« Sie kicherte. Eine Fünfzigjährige, die wie eine Zwölfjährige kicherte. Gegen so etwas sollte es Gesetze geben, dachte Steen.

»Ich weiß, wer da sitzt. Und ich weiß, dass ich meine Dienstwaffe ziehe und dich erschieße, wenn du noch einmal Ebbo zu mir sagst.«

Sie sah ihn stirnrunzelnd an, dann glätteten sich ihre Züge und das schiefe Lächeln kehrte zurück.

»Du hast ja doch Humor!«, meinte sie.

»Da wäre ich mir an deiner Stelle nicht so sicher.«

»Na komm schon, der Witz mit der Waffe war gut.«

»Das war kein Witz.«

»Okay, okay, ich sag jetzt immer Kommissar zu dir! In Ordnung, Kommissar?« Sie kicherte. »Das klingt wirklich doof, aber du kennst mich ja: Ich bin für jeden Schiet zu haben.«

»Ja, das weiß ich«, nickte Steen.

Sie seufzte. »War eine schöne Zeit damals, findest du nicht auch?«

»Die einen sagen so, die anderen so.«

»Ich finde, wir hatten damals alle viel Spaß ...«

»Wie gesagt ...«

»Ja, ich weiß, Eb… Ich meine natürlich, Kommissar!« Sie kicherte. »Ich hoffe, das war gerade noch rechtzeitig, um der sicheren Hinrichtung durch deine Polizeigewalt zu entgehen!«

»Du lebst ja noch.«

»Ich weiß, es ging damals manchmal auf deine Kosten. Aber lustig war es trotzdem und ich glaube, es geht vielen, die damals dabei waren, so wie mir: Wir denken einfach gerne an dich.«

Steen sah auf die Uhr an seinem Handgelenk.

Irgendwie war ihm in den letzten Augenblicken der Appetit abhandengekommen. Mareike Willarts! Das war schlimmer als ein Mord! Er atmete tief durch. Aber dieses Durchatmen hatte nichts Befreiendes an sich. Im Gegenteil. Er hatte schon sehr lange nicht mehr an die damalige Zeit gedacht. Niemand nannte ihn Ebbo und ein Lehrer, der die Klasse auf Kosten eines Mitschülers unterhielt, war jemand, von dem Steen dachte, dass er es nicht wert war, dass man sich an ihn erinnerte. Also hatte Steen es tunlichst vermieden und war alles in allem gut damit gefahren. Bis heute, als Mareike Willarts wie ein böser Geist aus einer bösen Vergangenheit aufgetaucht war, um sich dreisterweise auch noch zu ihm an den Frühstückstisch zu setzen.

Es gab leider kein Gesetz dagegen.

Vielleicht wird es Zeit, dass man das ändert, dachte Steen.

Er sah ein zweites Mal auf die Uhr an seinem Handgelenk.

»Es wird jetzt wirklich Zeit, dass ich zum Dienst komme«, sagte er. Er schob den Teller ein Stück von sich und nahm noch einen Schluck Tee. »Hat mich gefreut, dich wiederzusehen, aber …« Er machte eine Pause nach dem *Aber*, dem einzigen Wort in diesem Satz, das wohl nicht gelogen war.

»Du willst gar nicht wissen, was ich in den letzten Jahren so gemacht habe? Du fragst nicht, was mit den anderen so passiert ist und warum ich jetzt wieder hier bin?«

Mareike Willarts sah Steen in diesem Moment mit einem Blick an, der echte Verblüffung ausdrückte. Nicht amüsierte Überheblichkeit, sondern eine für ihre Verhältnisse richtig authentisch wirkende Verwunderung.

»Wenn ich das alles hätte wissen wollen«, sagte Steen, »dann wäre ich in der Vergangenheit doch zu euren Klassentreffen gekommen, meinst du nicht auch?«

»Einige haben dich vermisst.«

»Ich habe niemanden vermisst«, sagte Steen.

Der Kommissar winkte eine der Kellnerinnen herbei. Er wollte zahlen.

»Ich muss schon sagen, du bist ganz schön selbstbezogen!«, redete Mareike Willarts indessen weiter. »Dich interessiert nur, was mit dir selbst los ist, alles andere ist dir egal. Aber vielleicht wird man so, wenn man als piefiger Beamter in einer Polizeistube sitzt und Akten von einer Ecke des Büros in die andere schichtet.«

Der saure Unterton war so eindringlich, dass die Kellnerin aus dem Konzept kam und sich verrechnete.

»Herr Steen, es tut mir leid.«

»Immer mit der Ruhe«, seufzte Steen. »Ich kenne die Frau nicht. Ich hoffe, sie taucht hier nicht öfter auf, dann muss ich mir nämlich einen anderen Ort zum Frühstücken suchen.«

»Ich habe die Dame hier heute zum ersten Mal gesehen, Herr Steen«, sagte die Kellnerin.

»Na, dann hoffe ich, dass sie hier kein Stammgast wird.«

»Ebbo! Oder meinetwegen Kommissar! Was soll das denn?«, ereiferte sich nun Mareike Willarts.

In diesem Augenblick fuhr ein Streifenwagen mit Blaulicht und Martinshorn direkt vor das Stadtcafé. Den Fußgängerbereich beachtete der Fahrer nicht weiter.

Oder besser gesagt: Die Fahrerin.

Steens Kollegin Altje Remels stieg aus dem Wagen, ließ aber Blaulicht und Martinshorn weiter an, sodass sie alle Blicke auf sich zog.

Ein Polizeieinsatz am Stadtgarten-Café. Das gab es nun wirklich nicht alle Tage!

Polizeimeisterin Altje Remels stürmte als schnaufende, übergewichtige Walküre auf die Tür des Cafés zu, die Uniformjacke war offen. Die Mütze wehte ihr der Wind beinahe vom blonden Haar und der etwas grobe Rettungsversuch, den sie mit der linken Hand vollführte, ruinierte ihre Frisur dann vollends.

»Steen! Komm mit!«, rief sie schon von draußen.

Ah, dachte der Kommissar. Rettung naht!

Unter normalen Umständen hätte er Altje dafür verflucht, in sein Frühstück zu platzen – vermutlich mit irgendeiner ganz dringenden, dienstlichen Begründung.

Aber in diesem Fall war er froh, dass sie da war.

Und ganz gleich, welchen Grund dieser Polizeieinsatz auch letztlich haben mochte – Steen war sicher, dass er vollkommen angemessen war.

»Mensch Steen, hast du wieder dein Handy abgeschaltet?«, fragte Altje.

»Hier ist ein Funkloch«, sagte Steen.

In Wahrheit hatte er sehr wohl sein Smartphone für die Dauer des Frühstücks abgeschaltet. Schließlich war auf nichts Verlass. Nicht mal auf Funklöcher.

»Ja sicher!«

»Wirklich!«

»Und am Borkumkai gibt's einen Mord und wenn ich dich mal an eine Kleinigkeit erinnern darf: Es ist unsere Aufgabe, so was aufzuklären! Und dich kann man mal wieder nicht erreichen.«

»Was heißt hier mal wieder?«

»Mal wieder heißt, wenn man dich braucht, Steen! Und jetzt komm!«

Die Blicke aller im Raum waren jetzt wie gebannt auf Steen und Altje gerichtet.

Angefangen von den Kellnerinnen bis zu den anderen Frühstücksgästen starrten sie alle auf die beiden Gesetzeshüter. Steen zog sich den Bundeswehrparka an und setzte sich noch die Prinz-Heinrich-Mütze auf.

Selbst Mareike Willarts starrte Steen jetzt nur mit offenem Mund an und es schien so, als hätte sie bis auf weiteres auch nicht mehr vor, diesen Mund zu schließen. Dass sie dabei vollkommen still war, war ein positiver Nebeneffekt, dachte Steen.

»Ja, was glotzt ihr alle so?«, rief Altje nun. »Noch nie zwei Polizisten bei der Arbeit gesehen? Moin, moin und noch einen schönen Tag!«

Steen folgte Altje nach draußen.

Auch da standen inzwischen viele Passanten um den Einsatzwagen herum. Das Martinshorn übertönte so gut wie alle anderen Geräusche. Das hätte sie wirklich ausmachen können!, dachte Steen genervt.

Aber vielleicht war es auch ganz gut so, dass sie mit einem derartigen Krach aufgetreten war.

Auf Mareike Willarts hatte das jedenfalls anscheinend gewaltigen Eindruck gemacht. Wenn auch vermutlich keinen guten, dachte Steen. Aber das war ihm wirklich vollkommen egal.

Er setzte sich auf den Beifahrersitz.

Altje saß am Steuer und fuhr los.

Martinshorn und Blaulicht hatten die angenehme Begleiterscheinung, dass ihnen überall Platz gemacht wurde. Sich so in den Verkehr einzufädeln, war selbstverständlich kein Problem.

»Wer ist es?«, fragte Steen unterwegs.

»Wie? Was meinst du damit: Wer isses?«, fragte Altje zurück. Sie zeigte derweil dem Fahrer eines Lieferwagens, der ihr gerade noch ausweichen konnte, den Vogel.

»Einmal Vogel zeigen kann ein paar hundert Euro Strafe kosten, Altje«, sagte Steen tadelnd.

»Aber nur, wenn es ohne Grund ist«, erwiderte Altje.

Steen ging darauf nicht weiter ein. Stattdessen kam er auf den neuen Fall zurück.

»Wer ist tot?«, präzisierte er seine Frage.

»Wissen wir noch nicht, Steen.«

»Wieso wissen wir das noch nicht?« Steen runzelte die Stirn.

»Wir haben nur einen Arm.«

»Was?«

»Das war alles, was ich am Telefon mitbekommen habe. Ulfert und Ihno sind schon dort. Und außerdem noch alles, was wir sonst so an Kollegenhilfe auf die Schnelle organisieren konnten. Und natürlich Taucher und so weiter.«

»Jetzt mal der Reihe nach«, verlangte Steen. »Was ist passiert?«

Altje atmete tief durch. Dass sie etwas in Brast war, war Steen ja gewöhnt. So war sie eben.

»Heute Morgen kam die Fähre aus Borkum an …«

»Das tut sie jeden Morgen.«

»Ja, aber diesmal war was in der Schraube. Ein menschlicher Arm.«

»Hm«, brummte Steen.

»Tja, das habe ich zuerst auch gesagt.«

»Wem gehörte der Arm?«

»Keine Ahnung. Und es gibt bislang auch keine Hinweise.«

»Mann oder Frau?

»Kann niemand seriös sagen, Steen. Könnte sowohl als auch sein.«

»Also kein Nagellack oder ein auffälliger Ring oder dergleichen?«

»Steen, ich bin kein wandelndes Tatort-Protokoll. Aber soweit ich weiß, wissen wir bislang gar nichts. Und vor allem wissen wir nicht, was mit dem Rest der Leiche ist.«

»Streng genommen wissen wir nicht mal, ob es überhaupt eine Leiche gibt«, stellte Steen fest.

»Du meinst, da könnte jetzt irgendjemand zwischen Emden und Borkum mit nur noch einem Arm herumlaufen?«

»Theoretisch wäre das doch möglich.«

»Aber nur theoretisch, Steen. Wirklich nur theoretisch.«

Steen atmete tief durch.

»Ja, wahrscheinlich hast du recht, Altje.«

»Verlass dich einfach auf meine Spürnase, Steen.«

»So wie immer.«

»Genau!«

»Wie geht's eigentlich euren Bullen?«, fragte Steen seine Kollegin und Nebenerwerbslandwirtin, die ihre Feierabende üblicherweise damit verbrachte, ihren Eltern bei der Bewirtschaftung eines alles andere als ertragreichen landwirtschaftlichen Betriebes zu helfen. Dessen Betriebsgröße ließ sich mit dem Satz »Zu klein zum Leben und zu groß zum Sterben« treffend beschreiben. Aber Altje war keine, die schnell aufgab.

»Die Bullen? Die haben wir wieder eingefangen. Und dabei hat sich mein Vater wieder den Knöchel vertreten. Das ist aber auch so ein Schiet mit den tiefen Stellen in der Wiese …«

»Verstehe.«

»Meine Ma hatte wohl mal wieder vergessen, den Stall zu schließen. Das ist jetzt schon das zweite Mal und jedes Mal hatten wir danach so ein Drama!«

»Ist ja nicht schön«, sagte Steen.

»Nee, wirklich nicht!«

»Na, Hauptsache, die Bullen sind wieder da, wo sie hingehören.«

»Sie wurden friedlich, als ich ihnen zugerufen habe, dass sie ein Kotelett werden, wenn sie Schwierigkeiten machen! Ich wäre ja sowieso dafür, diese Viecher alle abzuschaffen, davon konnte ich Pa aber einfach noch nicht überzeugen.«

»Sag mal, ich bin ja jetzt landwirtschaftlich nicht ganz so gebildet wie du, Altje, aber …«

»Ja? Watt denn?«

»Können Rinder überhaupt Koteletts werden? Ich dachte immer, Koteletts wären vom Schwein. Oder wenigstens vom Lamm.«

»Ach Steen! Was für eine dumme Frage.«

»Uns hat man früher immer gesagt, dass es keine dummen Fragen, sondern nur dumme Antworten gäbe«, gab Steen zurück. »Und ehrlich gesagt, meine bisherigen Dienstjahre bei der Kriminalpolizei mit unzähligen Verhören, die ich durchführen musste, haben mich in dieser Ansicht bestätigt.«

»Also erstens, Steen: Auch Rinder können Koteletts werden. Das nennt man dann Rinderkotelett.«

»Ah ja.«

»Und zweitens: Unsere Bullen wissen das ja auch nicht so genau.«

»Hauptsache, die Drohung wirkt?«

»Genau.«

»Steen, ich wusste gar nicht, dass du heimlich Vegetarier geworden bist!«

»Bin ich nicht.«

»Aber sonst wüsste man so was wie mit den Koteletts!«

»Ich meide nur grundsätzlich Rindfleisch.«

»Seit wann das denn?«

»Seit dem Rinderwahn-Skandal damals.«

»Steen, das ist Jahrzehnte her! Da war ich noch in der Grundschule!«

»Muss ja nicht heißen, dass es nicht mehr gefährlich ist!«

»Ach! Jetzt kapier ich! Und du denkst, das sieht man an mir oder wie? Nur, weil ich vielleicht manchmal etwas … unkonventionell reagiere und ich gerne ein Steak esse, heißt das noch lange nicht, dass ich unter Rinderwahn leide!«

»Lass uns über den Fall reden, Altje. Wahnsinn gibt's genug. Bei Rindern oder anderswo.«

*

Es dauerte nicht lange, bis sie den sogenannten Borkumkai im Emder Hafen erreichten. Allerdings war es gar nicht so einfach, einen Parkplatz zu finden. Martinshorn und Blaulicht waren dabei kaum hilfreich, denn rund um die Anlegestelle der Borkum-Fähren herrschte im Moment das totale Chaos. Die

15

Autofahrer auf der Fähre wollten diese natürlich verlassen und an Land. Die an Land wartenden Autofahrer wollten mit ihren Fahrzeugen so schnell wie möglich an Bord, um dann ebenfalls so schnell wie möglich zur Insel gebracht zu werden.

Aber beide Gruppen mussten erst mal warten.

Schließlich war es unerlässlich, zumindest die Personalien der Passagiere aufzunehmen, die sich an Bord der Fähre befunden hatten. Und sicherlich musste man auch einige von ihnen befragen. Möglicherweise hatte ja jemand eine Beobachtung gemacht, die darüber Auskunft geben konnte, wie der herrenlose Arm in die Schiffsschraube gelangt war.

War jemand womöglich über Bord gegangen? Hatte jemand einen Streit unter den Passagieren beobachtet? Oder war ein anderes Wasserfahrzeug beobachtet worden, auf dem sich das Opfer vielleicht befunden hatte?

Fragen über Fragen.

Ich hätte erst zu einem späteren Zeitpunkt hier auftauchen sollen!, ging es Steen durch den Kopf, nachdem er aus dem Wagen gestiegen war. Zu einem Zeitpunkt, da all diese Kleinigkeiten schon geklärt waren!

Aber offenbar kam er wohl nicht darum herum, sich selbst an der Ermittlung dieser Kleinigkeiten zu beteiligen.

Aus der Ferne winkte der Kollege Ihno Purwin ihnen zu. Er war gerade in ein Gespräch vertieft – mutmaßlich mit einem Zeugen. Bei diesem Zeugen handelte es sich um einen Mann im Rentenalter, der mit großen Gesten irgendetwas erklärte. Dabei deuteten seine Gesten immer wieder in Richtung des sogenannten Fährhauses, eines Restaurants in der Nähe des Anlegers.

»Wann geht denn hier nun der normale Betrieb weiter?«, hörte Steen jemanden fragen. Die Frage war an Altje gerichtet. Das ist der Nachteil beim Uniformtragen, dachte Steen. Jeder quatscht einen an.

»Ja, was soll ich dazu sagen?«, meinte Altje.

»Stimmt es, dass da jemand umgekommen ist?«

»Ich möchte Sie dazu auffordern, die Ruhe zu bewahren«, sagte Altje. »Absolute Ruhe und Besonnenheit, hat das jeder hier gehört? Nicht? Dann Ohren spitzen! Ruhe bewahren! Wir haben die Lage unter Kontrolle! Es wird niemandem etwas geschehen!«

Aber Altjes Absicht ließ sich auf diese Weise offenbar nicht vermitteln. Die Leute waren aufgebracht und anscheinend bis aufs Äußerste geladen. Da reichte schon ein kleiner Funke, um das Pulverfass zur Explosion zu bringen. Das Stimmengewirr schwoll jetzt an. Man konnte kein Wort verstehen. Es hörte sich an wie ein hysterisches Vogelgezwitscher – nur dass es ein paar Oktaven tiefer klang.

Steen überlegte einen Moment, ob er einfach weitergehen und sich in Richtung des Kollegen Ihno Purwin bewegen sollte. Manche Stürme im Wasserglas ignorierte man am besten einfach, so lautete seine generelle Ansicht dazu. Je weniger man sich aus der Ruhe bringen ließ, desto besser.

Aber dann entschied sich Steen doch anders.

Er wollte die Situation nicht eskalieren lassen.

Sein Instinkt sagte ihm, dass die Leute tatsächlich sehr ungehalten waren.

Und vielleicht sogar teilweise zu Recht, denn anscheinend hatte sie bislang niemand informiert.

Ein paar Satzbrocken erreichten Steens Ohr. Terroristischer Anschlag, Amokläufer, perverser Serienkiller ...

»Moin, moin erst mal!«, dröhnte er also mit seiner sonoren Stimme. Wie ein Schnellboot durch die Wellen pflügte diese Stimme jetzt durch den Chor schriller Möwen in Menschengestalt. »Hier spricht die Kriminalpolizei! Bewahren Sie Ruhe. Es hat einen bisher ungeklärten Vorfall gegeben, zu dem wir einige von Ihnen eventuell als Zeugen befragen müssen. Wir möchten Sie daher bitten, Ihre Ausweis- und Fahrzeugpapiere bereitzuhalten. Verzögerungen können leider nicht vermieden werden.«

Das Stimmengewirr verebbte nach und nach.

»Und jetzt lassen Sie uns am besten unsere Arbeit machen. Je ungestörter das geschieht, desto schneller sind wir fertig. Je schneller wir fertig sind, desto schneller sind Sie fertig.«

Ein Gemurmel erhob sich nun, das man überwiegend als zustimmend interpretieren konnte. Zumindest tat Steen das. Es war schließlich nicht das erste Gruppengemurmel dieser Art, dass er richtig deuten musste.

»Auf geht's, Altje«, sagte er dann an seine Kollegin gerichtet.

Steen ging nun voran. Altje schnaufte hinter ihm her.

Mit weiten Schritten näherten sich der Kommissar und sein Ein-Frau-Gefolge der Anlegestelle.

»Steen, jetzt sag mal …«

»Was denn, Altje?«

»Ich habe doch dasselbe gesagt wie du.«

»Ja?«

»Ja, den Kram mit Ruhe bewahren und so.«

»Was man eben so sagt, wenn man nichts weiß«, nickte Steen. Er musste seine Prinz-Heinrich-Mütze festhalten, als ein heftiger Windstoß vom Dollart her über den Borkumkai strich. Eine Böe, die selbst die kreischenden Möwen, die sich in der Luft tummelten, aus ihrer Flugbahn zu bringen drohte.

»Aber bei dir hat's gewirkt – und bei mir nicht«, stellte Altje fest.

»Es gibt einen Unterschied«, sagte Steen.

»Und der wäre? Ruhe bewahren ist doch immer dasselbe – egal wer's sagt!«

»Nee, das ist nicht dasselbe.«

»Der Unterschied ist, dass du ein Mann bist und eine tiefe Stimme hast!«

»Nee, das ist es weniger.«

»Und was ist es dann?«

Steen sah sie kurz an. »Ich sag nicht nur, dass die anderen Ruhe bewahren sollen, sondern ich bin auch selber ruhig.«

Altje stemmte die Hände in die Hüften. »Und ich etwa nicht? Meinst du das wirklich ernst? Ich bin nicht wirklich ruhig? Kann das sein? Ich bin die Ruhe selbst!«

Steen atmete tief durch. »Die einen sagen so, die anderen sagen so, Altje!«

Altjes Kopf lief dunkelrot an. »Selbst unsere Bullen haben gespürt, wie ruhig ich bin! Nämlich die Ruhe selbst!«

Altje hatte so heftig gesprochen, dass bereits wieder einige Leute aufmerksam wurden.

»Jo, Altje. Wir stehen hier unter der Beobachtung der Bevölkerung.«

»Ja, und?«

»Da sind wir zu Besonnenheit und Wahrheit verpflichtet.«

»Steen, es gibt Tage, da kocht einem die Milch schon über, wenn man gerade aufgewacht ist!«

»Da haben wir was gemeinsam. Das ist mir heute auch so gegangen.«

»Wegen der Frau, die bei dir am Tisch im Café saß?«

»Jo.«

»War mir gleich klar, dass du die Tussi nicht leiden kannst, Steen.«

»Habe ich das gesagt?«

»Nee, aber das habe ich gleich gespürt. Bin eben sensibel.«

»Na ja …«

»Und irgendwoher kenne ich die auch! Mir fällt bloß nicht ein, woher.«

»Ist auch egal.«

»Hilf mir mal, ich komm nicht von allein drauf.«

»Ich sagte: Ist egal, Altje. Jetzt haben wir einen Fall.«

*

Steen und Altje erreichten Ihno Purwin, zu dem sich inzwischen auch noch ein weiterer Kollege gesellt hatte: Kriminalhauptkommissar Ulfert Jansen, Steens jüngerer Kripo-Kollege, der ihm allerdings aus seinen Jahren beim

Berliner BKA manchmal einiges voraushatte. Aber Steen konnte gönnen. Er erkannte das neidlos an.

»Tja, das ist wirklich ein eigenartiger Fall«, sagte Ulfert. Er war zwar geborener Ostfriese, wirkte aber rein äußerlich gar nicht so, wie man sich den Klischee-Ostfriesen vorstellte. Er war nämlich weder blond noch blauäugig, sondern hatte dunkles Haar und normalerweise einen Teint, wie man ihn eher von einem Südeuropäer erwartete.

Nur heute nicht.

Heute sah er bleich wie die Wand aus.

Woran kann das liegen?, ging es Steen unwillkürlich durch den Kopf. Der Anblick eines Leichenteils konnte es ja wohl kaum sein. Ulfert war es schließlich gewohnt, mit einem tragbaren DNA-Set Proben zu nehmen und aus seinen Berliner Jahren war er sicherlich ganz andere Dinge gewöhnt, als sie hier im doch alles in allem eher beschaulichen Ostfriesland vorkamen.

Dachte Steen zumindest.

Aber als guter Ermittler hatte er in all den Jahren im Polizeidienst vor allem gelernt, der eigenen Wahrnehmung zu misstrauen. Die führte einen nämlich manchmal in die Irre. Misstrauen gegenüber sich selbst war für jeden Ermittler eine gute Tugend, wie Steen fand.

»Moin, Ulfert«, sagte Steen.

»Moin, Steen.«

»Is was?«

»Nee, was soll denn sein?«

»Du bist so blass um die Nase.«

»Na ja …«

»Was heißt 'na ja' …?«

»Vielleicht ein bisschen Magen-Darm oder so was.«

»Und dann kommst du zum Dienst? Um uns alle anzustecken?«, mischte sich Altje ein. »Also nee aber auch!«

»Ich denke, das war nur die Currywurst gestern auf dem Matjesfest«, sagte Ulfert nun. »Ich glaube, die war nicht mehr ganz gut. Kann zumindest sein.«

Steen atmete tief durch. »Wer isst denn auch eine Currywurst auf dem Matjesfest«, sagte er dann schließlich. »Da isst man doch Matjes, oder nicht?«

»Wäre besser gewesen«, bestätigte Ulfert.

»Ulfert, wenn dir das zu viel ist und du lieber im Bett liegen oder auf dem Klo sitzen willst, dann ist das völlig in Ordnung.«

»Nee, geht schon, Steen!«

»Auch wenn du es nicht glaubst: Notfalls geht es auch ohne dich.«

Ulfert lächelte matt und etwas gequält. »Aber nur notfalls, oder?«

Steen nickte bekräftigend. »Notfalls!«

»Wir sollten jetzt mal unseren Chef auf den Stand der Ermittlungen bringen«, mischte sich nun der Kollege Ihno Purwin ein. »Sonst bin ich schon pensioniert, ehe wir das dat Ding hier gelöst haben!«

»Es wurde der Arm einer unbekannten Person männlichen oder weiblichen oder meinetwegen auch diversen Geschlechts in der Schiffsschraube gefunden. Wir müssen nun herausfinden, was passiert ist«, fasste Steen zusammen, was er von Altje wusste.

»Also, die Leute, die ich bis jetzt befragt habe, sagen, dass nichts auf ein Mann-Über-Bord-Ereignis hindeutet«, sagte jetzt Ihno Purwin. Er nahm seinen Notizblock hervor, wo er sich ein paar Stichpunkte aufgeschrieben hatte. »Der Kapitän hat mir das jedenfalls bestätigt und ich habe noch mit weiteren Besatzungsmitgliedern gesprochen.«

»Na ja, so ein Arm schwimmt ja nicht einfach so durch die Nordsee und wartet auf die Fähre aus Borkum«, stellte Steen fest.

»Eine Kollision mit einem weiteren Wasserfahrzeug schließen die maßgeblichen Besatzungsmitglieder jedenfalls vollkommen aus«, ergänzte Ihno Purwin.

»Ich nehme an, wir haben deren Personalien«, sagte Steen.

»Ja natürlich«, erklärte Ihno und dabei straffte sich seine Haltung.

»Wo befindet sich das mutmaßliche Opfer?«, fragte Steen. »Beziehungsweise das, was von ihm übrig geblieben ist.«

»Ich zeige es dir«, sagte Ulfert. »Ich habe schon erste Untersuchungen durchgeführt und Proben genommen. Wenn diese Person irgendwo in einer Gen-Datenbank gespeichert ist, mal wegen bestimmter Krankheiten in Behandlung war, mit dem Gesetz in einschlägiger Weise in Konflikt geraten ist oder sie sich für eine Knochenmarkspende hat typisieren lassen, dann finden wir die Identität heraus.«

»Und wenn nicht?«, fragte Altje.

Ulfert wandte das Gesicht in ihre Richtung. »Dann nicht«, sagte er.

»Was ist mit Fingerabdrücken?«, fragte Steen.

»Habe ich genommen«, sagte Ulfert. »Also bei den Fingern, bei denen das noch möglich war. Abgleich ist negativ.«

»Also gehört der Arm schon mal keinem Kriminellen, der erkennungsdienstlich behandelt wurde«, sagte Steen.

»Ich weiß aber nicht, ob das wirklich eine gute Nachricht ist«, sagte Ulfert.

Steen hob die Augenbrauen. »Wieso?«

»Na, weil damit unsere Chancen, herauszufinden, wem dieser Arm letztlich gehört, beziehungsweise gehörte, noch einmal sehr viel schlechter werden.«

»Hm«, brummte Steen.

»Ich sag's dir ganz offen, Steen: Es kann sein, dass wir das einfach nie herausfinden.«

»Nun zeig uns mal den Patienten«, verlangte Steen.

*

Es gab an Bord der Fähre einen kleinen Raum, der als Behandlungszimmer diente. Manchmal kam es auch während der relativ kurzen Fahrt zwischen Emden und Borkum vor, dass jemand seekrank wurde und sich einfach mal eine Weile hinlegen musste. Oder es hatte sich jemand bei einem Unfall verletzt und musste behandelt werden. Einen eigenen

Schiffsarzt gab es natürlich nicht, aber etliche Besatzungsmitglieder hatten sich in Kursen zum Rettungssanitäter weiterbilden lassen.

Der abgetrennte Arm lag auf dem Behandlungstisch.

»Die Taucher sind noch unten und suchen«, berichtete Ulfert.

»Besteht denn Aussicht, dass sie noch irgendwas finden?«, wollte Steen wissen.

Ulfert zuckte mit den Schultern. »Kann man nicht wissen.«

»Ich habe mit dem Kapitän gesprochen«, sagte jetzt Ihno Purwin. »Der steht übrigens völlig neben sich. So was hat der auch noch nicht erlebt. Obwohl er ja schon viel herumgekommen ist, wie ich gehört habe.«

»Wo ist der Kapitän jetzt?«, fragte Steen.

»In der Steuerkabine.«

»Dann werde ich den jetzt mal aufsuchen.«

»Das … Ding da« – Ihno deutete auf den Arm – »kommt zum Landeskriminalamt nach Oldenburg, oder?«

»Jo«, sagte Steen.

Er warf einen letzten Blick auf den Arm.

Mann oder Frau?, fragte er sich.

Der Arm war in einem so schlimmen Zustand, dass man sich da wirklich nicht sicher festlegen konnte.

Eine zarte Männerhand oder eine kräftige Frauenhand – das war hier die Frage. Das, was man landläufig als typisch ansah, war nicht so eindeutig feststellbar. Und von eventueller Körperbehaarung war nichts mehr vorhanden.

Irgendwo musste doch jemand einen Arm vermissen! Oder sehr wahrscheinlich sogar eine ganze dazugehörige Person!

Bevor Steen den Raum verließ, fiel ihm auf, dass es Ulfert offenbar wirklich nicht gut zu gehen schien. Er war noch bleicher geworden und sah richtig elend aus.

»Geh nach Hause, wenn du hier fertig bist, Ulfert.«

»Nicht nötig, Steen.«

»Doch, ist nötig«, beharrte der Kommissar. »Ein, zwei Tage und du bist wieder fit wie eh und je.«

»Ja, aber …«

»Und in einem kannst du sicher sein, den Fall haben wir bis dahin mit Sicherheit noch nicht gelöst. So schnell geht das nämlich diesmal nicht. Das sehe ich schon kommen.«

Ulfert schluckte.

»Mal sehen«, sagte er.

»Nach Hause und wahlweise ins Bett oder aufs Klo!«, widersprach Steen. »Das ist ein dienstlicher Befehl!«

*

Steen suchte den Kapitän auf. Der stand am Ruder und sah einfach nur hinaus auf den Dollart. Ein starrer, nachdenklicher Blick, der sehr weit in die Ferne gerichtet zu sein schien.

»Kommissar Steen, Kripo Emden«, sagte Steen.

Der Kapitän reagierte nicht sofort.

Steen schätzte sein Alter auf Mitte bis Ende fünfzig.

Also ein paar Jahre älter als ich, dachte er. Die Züge des Kapitäns wirkten wie aus Stein gemeißelt. Der Bart war weißgrau, das Haar auch. Ein paar sehr markante Falten zeichneten ein sehr charakteristisches Muster auf die Stirn.

Die Augen waren blau wie der Himmel über dem Meer und stierten ins Nichts.

Eigenartig, dachte Steen.

Äußerlich wirkt dieser Mann wie ein Bilderbuch-Kapitän. Jemand, der wie ein Fels in der Brandung dasteht. Einer, den nichts erschüttern kann und der mit stoischer Ruhe auf der Brücke auf seinem Posten steht, selbst wenn er weiß, dass das Schiff gleich untergehen wird.

Aber Steen spürte auch sofort, dass dieser Mann im Augenblick tatsächlich verstört war. Irgendwie passten diese beiden Eindrücke, die Steen von dem Kapitän hatte, nicht zusammen.

24

Natürlich gab es Angenehmeres, als wenn ein Arm in einer Schiffsschraube gefunden wurde. Aber der Kapitän hatte dieses Körperteil nicht selbst gefunden und auch sonst gab es eigentlich keinen anderen Zusammenhang mit seiner Person als den, dass er eben Kapitän des betroffenen Schiffes war.

Steen runzelte die Stirn.

Was macht so ein Kapitän, wenn wirklich eine kritische Situation auftritt?, ging es ihm durch den Kopf. Oder interpretiere ich da jetzt zu viel hinein?

Eine ganze Weile stand Steen einfach nur da und sah den Kapitän an, während der unverwandt hinaus auf die Nordsee starrte, ohne sich dabei auch nur einen Millimeter zu bewegen. Wie ein marmornes Standbild!, überlegte Steen. Aber Steen hatte ja die Ruhe weg, wie man so sagte. Er konnte abwarten. Und manchmal erfuhr man durch Abwarten über einen Menschen mehr als durch ein langes Gespräch.

Schließlich vollführte der Kapitän eine ruckartige, fast zackige Bewegung mit dem Kopf. Er sah Steen jetzt direkt an.

»Kripo?«, fragte er.

»Jo«, sagte Steen.

»Ich habe schon mit Ihren Kollegen gesprochen.«

»Ja, ich weiß.«

»Ich bin Kapitän Harm Röder.«

»Kriminalhauptkommissar Steen, Kripo Emden.«

Harm Röder reichte Steen die Hand.

Fast feierlich wirkte das. Auf jeden Fall sehr würdevoll.

»Willkommen an Bord«, sagte Röder.

»Sind Sie bereit, mir ein paar Fragen zu beantworten?«, fragte Steen. »Oder sollen wir das lieber später erledigen?«

»Nein, das können wir ruhig jetzt machen«, sagte Röder. »Entschuldigen Sie, ich bin nur etwas … mitgenommen. Aber es geht schon.«

»Ja, kann ich verstehen.«

»Nein, können Sie nicht«, sagte Röder.

»Das klingt sehr harsch«, sagte Steen.

»Tut mir leid, war nicht so gemeint«, meinte Röder. Er wich Steens Blick aus und holte tief Luft. Sehr tief. Und dann atmete er auf eine Weise aus, als würde eine schwere Last auf seiner Brust sitzen und ihn niederdrücken. »Seit ein paar Jahren fahr ich nun jeden Tag von Emden nach Borkum und wieder zurück. Hin und zurück. Immer wieder dieselbe Strecke. Das Seegebiet kenne ich in- und auswendig. Den Verlauf der Fahrrinne sehe ich schon an der Wasserfarbe.«

»Na ja, auf einem Kreuzfahrtschiff wär sicher mehr Abwechslung«, gab Steen zu.

Röder verzog das Gesicht. »So was habe ich auch mal gemacht. Allerdings nicht für lange. Gerührten Omas die Hand schütteln war für mich auf die Dauer nichts. Ich habe dann viele Containerschiffe gefahren. Mittelmeer, Suez-Kanal, Horn von Afrika, Asien …«

»Dann sind Sie ja ganz schön herumgekommen, Herr Röder.«

»Ja, kann man wirklich so sagen. Ich habe einiges von der Welt gesehen!«

»Aber ein Arm in einer Schiffsschraube war noch nicht dabei.«

»Doch, so was auch. Und da war auch weitaus Schlimmeres dabei.« Er machte eine Pause. »Vor ein paar Jahren geriet ich mit einem Containerschiff mit meiner damaligen Mannschaft in die Geiselhaft von Piraten am Horn von Afrika. Fünf von meinen Männern haben die Piraten damals umgebracht. Zum Teil auf ziemlich bestialische Weise. Sie haben das gefilmt, um auf diese Weise ihren Lösegeldforderungen an die Reederei Nachdruck zu verleihen.«

»Hatten sie Erfolg damit?«

»Sonst stünde ich jetzt nicht vor Ihnen.«

»Ich verstehe.«

»Seitdem fahre ich nicht mehr auf Schiffen, die so weit fahren. Borkum-Emden und eine vertraute Fahrrinne in einem vertrauten Gewässer – mehr mute ich mir seitdem nicht mehr zu.«

»Ist nachvollziehbar.«

»Wissen Sie, was damals das Schlimmste war? Ich konnte nichts tun. Ich stand daneben und konnte nichts tun. So was zerreißt einen innerlich.«

»Sie hätten nichts ändern können.«

»Ich weiß.«

»Die Sache mit dem Arm heute …«

»Ich frage mich, wie das passieren konnte. Auf meinem Schiff! Das ist wie eine Gedankenschleife.«

»Ich nehme an, dass Sie auch in diesem Fall nichts hätten tun können, Herr Röder.«

»Ja, mag sein. Mein Verstand sagt das auch. Und trotzdem denke ich im Augenblick an nichts anderes, als an diese Frage.«

»Ich denke über eine andere Frage nach, Herr Röder.«

»Sie wollen wissen, wer das getan hat?«

»Nun, im Moment weiß ich ehrlich gesagt noch nicht einmal sicher, ob überhaupt irgendjemandem etwas angetan wurde. Ich weiß nur, dass irgendwem zurzeit ein Arm fehlt und da ich ein Verbrechen nicht ausschließen kann, muss ich herauszufinden versuchen, was passiert ist.«

»Ja, natürlich. Ich zermartere mir schon die ganze Zeit das Hirn darüber. Natürlich kann man nie ausschließen, dass irgendein Passagier über Bord geht und dann so etwas passiert. Zumindest grundsätzlich kann man das nie ausschließen. Allerdings kann ich mir das in diesem konkreten Fall einfach nicht vorstellen. Dann hätte irgendein Besatzungsmitglied etwas gemerkt. Oder die anderen Passagiere!«

»Herr Röder, ich brauche Ihre Hilfe. Sie kennen diese Gewässer ja offenbar wirklich sehr gut und sind außerdem mit nautischen Dingen vertraut.«

Röder nickte. »Das trifft zu.«

»Vielleicht können wir zusammen einfach mal die möglichen Erklärungen für diesen Vorfall durchgehen. Es gibt ja vielleicht ein paar Dinge, die ich als Landratte nicht so im Blick habe.«

Zum ersten Mal entspannten sich Röders Gesichtszüge jetzt etwas. Er lächelte. Zumindest beinahe. »Sie sind doch keine Landratte, Herr Steen.«

»Na ja, aber…«

»Sie kommen doch von der Küste.«

»Das stimmt.«

»Hört man doch an Ihrer Sprache.«

»Kann ich nicht verleugnen«, gab Steen zu.

»Dann sind Sie auch keine Landratte.«

»Aber ich habe ganz bestimmt keine Ahnung davon, was mit einem abgetrennten Arm passiert, der durch die Nordsee treibt und in einer Schiffsschraube endet.«

»Dann denken Sie also auch, dass es sich bei dem Opfer nicht um einen Passagier oder ein Besatzungsmitglied handelt?«

»Sobald wir wissen, ob die Passagiere vollzählig sind, niemand vermisst wird und dasselbe auch auf die Besatzung zutrifft und sich zudem keine gegenteiligen Erkenntnisse bei der kriminaltechnischen Untersuchung ergeben, können wir das ausschließen«, sagte Steen. »Vorher nicht. Aber ich bin immer dafür, ergebnisoffen und in alle denkbaren Richtungen zu ermitteln.«

»Das klingt vernünftig«, sagte Röder.

»Also, mal angenommen, ein Toter wird ins Wasser geworfen und treibt in der Nordsee herum. Wäre es dann möglich gewesen, dass die Fähre den Leichnam erwischt und bis nach Emden quasi… mitnimmt?«

»Wir drehen kurz bevor wir dann rückwärts an die Anlegestelle heranfahren«, sagte Röder. »Und genau das ist der Moment, in dem wir eine Leiche hätten mitnehmen können, wie Sie das das so schön ausdrücken.«

»Könnte die Schiffsschraube den Arm abgetrennt haben?«

»Ja natürlich. Das wäre nichts Ungewöhnliches.«

Röder machte eine ausholende Armbewegung und deutete dann auf die Seekarte, die hinter ihm auf dem Tisch ausgebreitet war. Er markierte einen Punkt mit dem Zeigefinger. »Das ist die Position, an der wir drehen. Hier sehen Sie die herrschenden Strömungs- und Gezeitenkräfte, die natürlich je nachdem, ob gerade Ebbe oder Flut ist, erheblich abweichen.«

»Es geht um die Frage, wo und wann die hypothetische Leiche, von der wir sprechen, ins Wasser gelangt sein könnte«, erklärte Steen.

»Darüber habe ich auch schon nachgedacht.«

»Und zu welchem Ergebnis sind Sie gekommen?«

»Die wahrscheinlichste Variante wäre ein gekentertes Boot.«

»Oder ein anderes Wasserfahrzeug, bei dem ein Besatzungsmitglied über Bord gegangen ist.«

»Nein, Herr Steen, dann wäre das doch mit Sicherheit gemeldet worden und man würde schon längst mit Hubschraubern nach der betreffenden Person suchen.«

»Das setzt voraus, dass die anderen Besatzungsmitglieder dieses hypothetischen Wasserfahrzeugs überhaupt gewollt hätten, dass der Betreffende gefunden wird.«

Röder runzelte die Stirn. »Sie denken, jemand wurde über Bord geschubst?«

»Könnte doch sein.«

»Sie denken immer zuerst an das Schlechte im Menschen.«

»Sie nicht?«

Röder gab darauf keine Antwort. Er blickte stattdessen nachdenklich auf die Seekarte und rieb sich dabei das Kinn.

»Seit der Sache am Horn von Afrika schon.«

»Dachte ich mir.«

»Ja, das hat sich seitdem in der Tat verändert, Herr Steen. Ich dachte, dass es vorbeigeht, wenn ich nur in sicheren Gewässern die Strecke Borkum-Emden und zurück fahre, wo es außer der Quengelei von ein paar Touristen keine Verbrechen gibt.«

»Da sind Sie im Irrtum, wie ich Ihnen aus meiner täglichen Ermittlungspraxis heraus sagen kann«, erklärte Steen.

»Ich ahne, dass Sie recht haben, Herr Steen. Leider komme ich damit nicht so gut klar, wie es Ihnen anscheinend gelingt.«

»Na ja, ein gelassener Blick auf die Dinge hilft eigentlich immer.«

»Aber dieser gelassene Blick macht nichts besser.«

»Nein, das ist richtig.«

»Sehen Sie!«

»Aber er schafft die Voraussetzung dafür, dass es besser werden kann.«

Röder nickte leicht. »Gut möglich. Aber zurück zu diesem Vorfall. Angenommen, hier …« Er tippte mit dem Zeigefinger der rechten Hand auf einen bestimmten Punkt auf der Karte. Einen Punkt mitten im Dollart. Auf der Karte wurden die unterschiedlichen Wassertiefen mit verschiedenen Blautönen dargestellt. Demnach war das eine der flacheren Stellen. Nicht gerade eine Sandbank, aber flacher. Röder fuhr fort: »Wenn hier zum Beispiel ein Boot gekentert wäre, dann wäre es gut möglich, dass die Besatzung es nicht geschafft hat, an Land zu schwimmen, weil die Distanzen dazu schon sehr weit sind. Bootsfahrer sind zwar häufig geübte Schwimmer, aber …«

»Die betreffende Person könnte aber auch einen über den Schädel bekommen haben, als sie ins Wasser geriet«, gab Steen zu bedenken.

»Gut, dann hätte sie natürlich gar keine Chance gehabt.«

»Tut mir leid, ich muss nicht nur an das Schlechte, sondern manchmal auch an das noch Schlechtere im Menschen denken.«

»Jedenfalls könnte so ein Körper, will ich mal sagen, durchaus so abgetrieben worden sein, dass er dann zufällig von der Fähre erwischt wurde, als wir auf die Anlegestelle am Borkumkai zufuhren.«

»Und die Schraube hat den Arm abgerissen.«

»Nehme ich an.«

»Und wo könnte der Rest sein?«

»Den finden Sie nicht wieder. Wenn das Wasser geht, dann entsteht zusammen mit der Strömung der Ems ein Sog …«

»Vielleicht finden wir den Rest irgendwann vor Borkum im Watt.«

»Unwahrscheinlich, Herr Steen. Ich meine, das könnte natürlich theoretisch passieren, aber ich denke, Sie müssen damit rechnen, dass Sie den sogenannten ›Rest‹ nicht mehr wiederfinden werden.«

»Hm.«

»Stellen Sie sich besser auf diese Möglichkeit ein, wenn Sie Ihre weiteren Ermittlungsschritte planen.«

»Tja, das wird dann schwierig, denke ich. Aber das muss ja nicht Ihre Sorge sein.«

»Da der Arm in der Schiffsschraube eines Schiffes gefunden wurde, auf dem ich das Kommando habe, ist das sehr wohl meine Sorge und ich werde alles tun, um Sie bei Ihrer Arbeit zu unterstützen.«

»Das freut mich. Ich denke, ich wäre ohnehin wohl noch auf Sie zugekommen, was diesen Aspekt angeht.«

»Wenn Sie da irgendwelche Fragen haben: Ich bin Tag und Nacht für Sie da. Warten Sie, ich schreibe Ihnen gleich meine Handynummer auf.«

»Gut.«

»Ich bin zwar, wie Sie ja wissen, öfter mal draußen auf der Nordsee und mit den Handynetzen ist das sowieso hier so eine Sache ... »

»Das kriegen wir schon hin«, versicherte Steen. Der Kommissar deutete jetzt noch einmal auf die Meeresregion auf der Karte, von der Röder vorhin als möglichem Ursprungsort der mutmaßlichen Leiche gesprochen hatte – ob nun durch das Kentern eines Bootes oder durch Mord und Totschlag oder einen Unglücksfall anderer Art war dabei ja erst mal zweitrangig. »Sind Sie sicher, dass das Wasserfahrzeug, von dem wir vorhin gesprochen haben, sich hier befunden haben muss, als ...«

»Nein, natürlich nicht«, widersprach Röder. »Das ist nur ein möglicher Ort, wo das Ganze passiert sein kann. Ich bin in erster Linie davon ausgegangen, dass der Betreffende unter keinen Umständen an Land schwimmen konnte. Je nachdem, wenn es sich um einen nicht so geübten Schwimmer gehandelt haben sollte oder tatsächlich jemand dieser unbekannten Person etwas angetan hat, dann kommen sehr viele andere Wassergebiete zwischen Borkum und Dollart auch in Frage.«

»Das heißt, im Prinzip können Sie gar nichts Konkretes sagen.«

»Doch, bei einer Sache würde ich mich festlegen.«

»Bei welcher?«

»Wenn tatsächlich ein Wasserfahrzeug bei dieser Sache eine Rolle spielt, dann muss es in der Nacht rausgefahren sein.«

»Wieso?«

»Wegen Ebbe und Flut, Herr Steen. Da kommt nur ein ganz bestimmtes Zeitfenster in der letzten Nacht in Frage – andernfalls hätten wir von dieser Leiche höchstwahrscheinlich gar nichts gefunden und es wäre auch höchst unwahrscheinlich, dass sie in unsere Schiffsschraube geraten wäre.«

»Wer fährt denn nachts raus?«, fragte Steen. »Da sieht man doch nichts.«

»Angler zum Beispiel.«

»Aber das ist doch hier nicht irgendein Binnengewässer, wo man gemütlich auf seinem Boot sitzen und die Angel raushalten kann!«

»Kommt immer auf die Größe des Bootes an, Herr Steen. Sie glauben gar nicht, was für Nussschalen mir auf meiner täglichen Fahrt Borkum-Emden und retour schon begegnet sind!«

»Allerdings wohl am Tag.«

»Bei gutem Wetter und mäßigem Wellengang ist es ja auch kein Problem mit einem Jollenkreuzer oder so hier herumzufahren. Aber nachts …« Er zuckte mit den Schultern. »Wissen Sie, was die größte Gefahr für kleine Segler ist, die irgendwelche Weltumseglungsfantasien haben und auf den Ozeanen herumschippern?«

»Nee«, gestand Steen. »Ich nehme an Wind, Wetter, Wellen.«

»Containerschiffe wie ich sie früher gefahren habe. Die pflügen bei Tag und Nacht durch die Meere, ohne Rücksicht auf Verluste. Die Crews sind so zusammengeschrumpft worden, dass da niemand merken würde, wenn eine kleine Segeljacht an der Schiffswandung zerschellt. Deren Besatzung hat dann keine Chance. So was passiert häufiger, als man denkt, weil der Frachtverkehr auf den Meeren extrem zugenommen hat. Also, wenn ich mit einem Boot nachts unterwegs wäre, dann würde ich mich von jeder Fahrrinne und jedem Frachter fernhalten – es sei denn, mein Boot ist genauso groß wie die anderen. Aber auch dann muss ein Zusammenstoß nicht unbedingt glimpflich ausgehen. Da könnte ich Ihnen auch ein paar einschlägige Geschichten erzählen.«

»Ja, ein andermal gerne, Herr Röder. Ein andermal gerne.«

»Schon klar, Sie wollen Ihren Fall lösen.«

»Ich muss erst mal rausfinden, ob es einen Fall gibt. Zumindest, ob es einen Fall gibt, der etwas mit Mord und Totschlag zu tun hat und um den ich mich kümmern muss.« Jetzt war es Steen, der einen Augenblick nachdenklich dastand und auf das Meer hinausblickte. Ein paar Möwen hatten sich genähert. Sie waren unüberhörbar.

»Noch Fragen?«, wollte Harm Röder wissen.

»Jemand, der bei Nacht rausfährt, muss dazu einen guten Grund haben, oder?«

»Ja.«

»Geschmuggelt wird ja hier schon lange nicht mehr. Die Niederlande sind ja in der EU und wir haben eine offene Grenze.«

»Muss ein anderer Grund sein«, bestätigte Harm Röder. »Oder Ahnungslosigkeit. Was glauben Sie, wie viele Döspaddel da draußen auf dem Wasser unterwegs sind und wirklich nicht die geringste Ahnung haben, in welche Gefahren sie sich begeben. Wo da manch einer seinen Bootsführerschein gemacht hat, frage ich mich immer wieder. Wahrscheinlich irgendwo an einer Volkshochschule in den Alpen oder so.«

»Wenn ich eine Leiche beseitigen wollte und hätte ein Boot, mit dem ich auf das Meer rausfahren könnte ...«, begann Steen laut nachzudenken.

»Sie denken wirklich immer an das Schlechteste zuerst, Herr Steen.«

»Berufskrankheit.«

»Mag sein.«

»Also, jedenfalls wäre das ein guter Grund, bei Nacht rauszufahren.«

»Dann hätte der Betreffende sich aber eine etwas andere Zeit aussuchen sollen«, meinte Röder. »Dann hätten wir jetzt alle keinen Ärger und bräuchten uns keine Gedanken machen, weil niemand mehr jemals etwas von dieser Leiche gefunden hätte.«

»Mit anderen Worten: Ein erfahrener Seemann war das nicht.«

»Nö.«

»Dann sind Sie also schon mal unverdächtig, Herr Röder«, sagte Steen.

Harm Röder atmete tief durch. »Also eine Sorge weniger für mich!«

*

Es waren noch ein paar zusätzliche Polizeikollegen aus Aurich abgeordnet worden, um Kommissar Steen und sein Ermittler-Team bei den anstehenden Befragungen zu unterstützen. Aber Steen hatte von Anfang an geahnt, dass nicht viel dabei herauskommen würde. Und so war es dann auch.

Der komplette Morgen verging, ohne dass sich irgendetwas Interessantes tat.

Dann konnte der Fährbetrieb wieder aufgenommen werden. In und um den Emder Hafen war natürlich nun das Chaos perfekt. Denn inzwischen warteten dort schon die Passagiere der nächsten beiden Fähren und es würde wohl den ganzen restlichen Tag dauern, diesen Stau an Insel-Touristen abzuarbeiten. Bei manchen machte sich eine spürbar aggressive Stimmung breit. Vor allem bei Tagestouristen, die mit Bussen gekommen waren und eigentlich nur ein paar Stunden auf der Insel etwas Seeluft schnuppern wollten, um dann wieder ins Ruhrgebiet oder sonst wohin zurückzufahren.

Steen konnte den Ärger dieser Leute durchaus verstehen.

Aber solche Dinge waren nun mal nicht zu ändern.

Immer ruhig bleiben und das Beste draus machen!, dachte er. Aber er wusste auch, dass es wenig nutzte, diese Weisheit jemand anderem zukommen zu lassen. Meistens heizte das die Stimmung nur noch mehr an.

Steen und Altje fuhren mit dem Wagen zurück zur Dienstelle in Emden. Es dauerte eine ganze Weile, bis sie sich durch das entstandene Verkehrschaos hindurchgequält hatten.

Allerdings war Steen so klug gewesen, Altje diesmal nicht das Steuer zu überlassen. Er hatte gehofft, dass es seiner Kollegin leichter fiel, die Ruhe zu bewahren, wenn sie nur Beifahrerin war. Aber das war ein Irrtum.

Schließlich war es bereits Nachmittag, als sie die Dienstelle erreichten.

Der Kollege Ulfert Jansen war bereits dort – und anscheinend fleißig bei der Arbeit.

Von seinen Magen-Darm-Schwierigkeiten schien nichts mehr geblieben zu sein und seine Gesichtsfarbe hatte sich deutlich normalisiert.

»Ich hatte dir doch gesagt, du sollst nach Hause gehen, Ulfert«, tadelte Steen.

»Ja, aber inzwischen geht es mir wieder gut. Ist also nicht nötig, dass ich mich auf das Krankenlager zurückziehe.«

»Aber …«

»Danke für deine Fürsorge, Steen. Aber schließlich haben wir einen vermutlich ziemlich komplizierten Fall zu lösen und da brauchen wir alles an personellen Ressourcen, was da ist und eingesetzt werden kann!«

»Ja, und dein letzter Halbsatz ist genau die Einschränkung bei der Sache, auf die ich jetzt noch mal hinweisen möchte«, widersprach Steen.

Ulfert lächelte.

Es war kein gequältes Lächeln, sondern es wirkte eher erleichtert. Erleichtert worüber?, ging es Steen durch den Kopf. Dass sich das 'Magen-Darm-Unwetter' so schnell verzogen hatte, wie es anscheinend gekommen war? Irgendwie hatte Steen das Gefühl, dass hier etwas nicht ganz zusammenpasste. Und wenn Steen so ein Gefühl hatte, war das für ihn immer Anlass genug, Augen und Ohren offenzuhalten und die weitere Entwicklung mit erhöhter Aufmerksamkeit zu abzuwarten.

»Ich war schon aktiv, während ihr noch im Stau gesteckt habt.«

»Wie hast du es geschafft, da früher rauszukommen?«, wollte Altje wissen.

»Ich bin früh genug losgefahren. Schließlich hatte Steen mich ja weggeschickt – und da war es noch nicht ganz so schlimm.«

»Und das hat sich gleich so positiv auf deinen Magen ausgewirkt?«, hakte Altje nach. Sie deutete auf das angebissene Fischbrötchen, das auf Ulferts Schreibtisch lag. Das hatte er sich wohl unterwegs besorgt. »Und so was kannst du auch schon wieder essen?«, fragte Altje nun.

»Als Alternative zu Kamillentee und Zwieback«, sagte Steen. »Das habe ich früher auch immer gekriegt, wenn ich mir mal so was eingefangen hatte.«

»Jetzt aber mal ganz in Ruhe«, sagte Ulfert.

»Ist das nicht eigentlich Steens Spruch?«, meinte Altje.

Ulfert sah Steen an und hob die Augenbrauen. »Ich bin okay, ich kotze euch das Büro nicht voll und ich habe schon ein paar wichtige Fahndungsschritte organisiert. Na, da könntest du dich doch eigentlich mal freuen, Steen!«

»Ich bin überwältigt«, sagte Steen. »Dann erzähl mal.«

»Ich habe herumtelefoniert und eine große Aktion gestartet, bei der abgefragt wird, ob irgendwo jemand vermisst wird«, sagte Ulfert.

»Gibt es denn Vermisstenfälle, die mit dem Arm in Verbindung stehen könnten?«

»Nein. Bislang nicht. Aber der DNA-Schnelltest hat ergeben, dass es sich um eine Frau handeln muss.«

»Das ist ja schon mal was«, sagte Steen.

»Wir suchen also eine vermisste Frau«, sagte Ulfert, »der ein Arm fehlt.«

Steen atmete tief durch. »Na ja, um ein Phantombild anfertigen zu lassen, reicht diese Beschreibung noch nicht ganz, aber wir sind auf jeden Fall ein ganzes Stück weiter.«

»Die Kollegen in den umliegenden Gemeinden beteiligen sich an der Aktion. Bislang haben wir allerdings ausschließlich negative Rückmeldungen.«

»In letzter Zeit ist niemand vermisst worden?«

»Jedenfalls keine Frau.«

»Hm«, brummte Steen.

»Übrigens habe ich auch abfragen lassen, ob irgendwo rund um den Dollart ein Boot vermisst wird, weil es vielleicht gekentert ist. Schließlich könnte unser Opfer ja auch …«

Steen unterbrach Ulfert.

»In dem Punkt bin ich schon einen Schritt weiter«, sagte er. Mit ein paar knappen Sätzen fasste er dann sein Gespräch mit Kapitän Harm Röder zusammen und fuhr schließlich fort: »Wir suchen ein Boot, das gestern Nacht ausgelaufen ist. Entweder ist es dann gekentert oder jemand hat eine Leiche im Wasser abgeladen oder die Frau wurde an Bord getötet oder betäubt und dann in den Dollart geworfen.«

»Und was das Zeitfenster angeht, ist Kapitän Röder sich sicher?«, hakte Ulfert nach. »Ich habe nämlich auch kurz mit ihm geredet, aber da war er keineswegs so auskunftsfreudig.«

»Nun, als ich ihn befragt habe, hatte er sich offenbar schon seine Gedanken gemacht«, erklärte Steen. »Und was er mir so über die Strömungsverhältnisse und all diese Dinge erzählt hat, klang für mich sehr plausibel.«

Ulfert zuckte mit den Schultern.

»Ich kann die Yacht-Clubs telefonisch abklappern und dabei natürlich auch die Kollegen in der Umgebung – auch in den Niederlanden einspannen.«

»Gute Idee«, lobte Steen.

»Wenn du meinst, dass das was bringt.«

»Weiß man vorher nie«, sagte Steen.

»Auch wieder wahr.«

Altje warf einen Blick auf das Fischbrötchen und verzog das Gesicht. »Das ist aber auch nicht mehr feierlich, wie das riecht ... Das ganze Büro stinkt schon danach.«

Ulfert verdrehte die Augen.

»Altje, Leute aus dem Norden nennt man Fischköppe. Und so wie ich deine Familiengeschichte kenne, bist du auch eine davon. Also stell dich mal nicht so an.«

»Auch wenn dein Magen-Darm jetzt plötzlich vorbei ist und dir nicht mehr schlecht ist, mir wird jetzt beinahe schlecht«, gab Altje zurück.

»Und was ist mit euren Bullen? Riechen die wie Rosenwasser?«

»Das kannst du nicht vergleichen, Ulfert!«

»Ach nein?«

»Rindersteaks mag ich, Fisch nicht. Und wenn andere jetzt Fischkopp zu mir sagen oder nicht, spielt das dabei überhaupt keine Rolle.«

Kapitel 4

Später, nach Dienstschluss, ging Steen zu seiner Stammwirtin Rieke. Er hatte nämlich inzwischen großen Hunger.

Steen hatte das urige Lokal in der Emder Innenstadt kaum betreten, da wäre er auch schon am liebsten wieder gegangen.

Er wurde nämlich offenbar erwartet!

Am Tresen saß Tammo Tjaden, der Reporter des *Neuen Ostfriesenblattes*. Dass der hier und heute auftauchte, konnte wohl kaum Zufall sein. Das, was sich am Borkumkai ereignet hatte, war im Laufe des Tages natürlich durch die Medien gegangen und zum Stadtgespräch geworden. Selbstverständlich war es auch ein Thema für die Lokalpresse. Irgendetwas musste darüber morgen in der Zeitung stehen, sonst stand die Redaktion wie der letzte Dussel da.

Ich hätte es ja ahnen können!, dachte Steen. Besser ich wäre zu McDonalds gefahren, um mich mit einem Burger zu sättigen, als jetzt noch eine private Pressekonferenz geben zu müssen!

Steen drehte sich bereits halb wieder herum.

Tammo Tjaden schien ihn noch nicht bemerkt zu haben, so glaubte Steen.

Zwei große Schritte und ich kann dem Verhängnis doch noch entgehen!, ging es Steen durch den Kopf.

Aber jemand anderes hatte ihn sehr wohl bereits bemerkt.

»Steen, schön, dass du doch noch kommst.«

Das war Rieke, die Wirtin. Alle im Raum drehten sich in diesem Augenblick zu Steen um. Auch Tammo Tjaden.

So ein Mist, dachte Steen.

»Dein Hafenarbeiter ist gleich fertig«, sagte Rieke.

Der Hafenarbeiter war – zumindest in Riekes Küche – ein Stück Schwarzbrot mit Spiegelei und jeder Menge Krabben sowie einem gebratenen Hering.

Steen mochte das.

Und bevor er von der Dienstelle aus losgelaufen war, hatte er kurz mit Rieke telefoniert und seine Bestellung aufgegeben.

Dann brauchte er nicht zu warten, wenn er ankam. Steen hasste es, in einem Lokal zu sitzen und dabei hungrig auf das Essen warten zu müssen.

Einige Augenblicke lang war kein Laut zu hören.

»Ja, wat iss denn nun?«, fragte Rieke dann. »Willst du die ganze Zeit in der Tür stehen bleiben oder kommst du doch noch ganz rein?«

»Tja …«

»Du willst doch was essen, Steen!«

»Jo.«

Steen setzte sich also auf einen der Hocker am Tresen. Er nahm den freien Hocker, der am weitesten von Tammo Tjaden entfernt war. Allerdings nickte er dem Reporter freundlich zu. Dieser nahm sein Bier und kam zu ihm.

»Ich dachte schon, du kommst gar nicht mehr, Steen«, sagte Tjaden.

»Soweit ich weiß, waren wir beim Sie«, meinte Steen. »Eine gewisse Distanz zwischen amtlichen Stellen und der Presse ist doch vielleicht ganz angebracht. Finden Sie nicht?«

»Ja – aber doch nicht nach Feierabend, Steen. Oder?«

Steen lächelte verhalten.

»Na, wenn wir beide Feierabend haben, ist ja alles gut.«

»Dann …«

»… können Sie mich trotzdem nicht duzen. Aber wir können uns auch nicht über irgendwas unterhalten, was sich mit meinen Dienstpflichten überschneidet.«

Tammo Tjaden runzelte die Stirn. »Das heißt jetzt doch wohl nicht, dass Sie ausgerechnet über das Thema, das im Moment die ganze Stadt beschäftigt, nicht mit mir reden wollen, Herr Steen!«

»Na, Feierabend ist doch Feierabend. Oder nicht?«

»Für mich gibt es keinen Feierabend«, sagte Tjaden.

»Für mich aber schon. Ich bin Beamter.«

»Nee, das können Sie mir nicht erzählen, Herr Steen.«

»Nicht?«

»Dazu kenne ich Sie inzwischen zu gut.«

»So?«

»Ich nehme an, dass Sie an einem Fall so lange sitzen, bis er gelöst ist – egal, ob Feierabend oder sonst was ist. Das lässt Ihnen doch innerlich keine Ruhe, geben Sie es zu.«

»Ich bin die Ruhe selbst«, sagte Steen.

»Wie auch immer. Ich kann dann morgen wohl mit der Schlagzeile aufmachen: Zerstückelte Leiche am Borkumkai gefunden! Wer ist der irre Killer von Emden?«

»Das können Sie machen«, sagte Steen. »Wenn Sie die Bevölkerung beunruhigen wollen.«

»Stimmt das denn nicht? Die Leute erzählen das.«

»Sie wissen doch so gut wie ich, dass das, was die Leute erzählen, nicht immer richtig ist«, gab Steen zu bedenken.

»Mag sein. Aber wenn die Leute meine einzige Informationsquelle sind, kann ich auch nicht ignorieren, was so geredet wird, oder?«

»Das ist plausibel.«

»Sehen Sie! Deswegen wäre ich Ihnen sehr dankbar, wenn Sie mir irgendetwas bieten würden, was ich schreiben kann. Und jetzt kommen Sie mir nicht mit fahndungstaktischen Erwägungen und dergleichen Unsinn.«

»Das ist keineswegs Unsinn, Herr Tjaden.«

»Dein Hafenarbeiter«, fuhr Riekes Stimme dazwischen, während sie Steen den Teller hinstellte.

»Jetzt bin ich am Essen«, sagte Steen. »Aber eins kann ich Ihnen schon mal verraten!«

»Bin gespannt.«

»Ich kann Ihnen sagen, dass wir bislang gar nichts wissen. Wir wissen noch nicht mal, ob überhaupt ein Verbrechen vorliegt.«

»Also kein perverser Zerstückelungs-Killer.«

»Vielleicht nur ein ganz gewöhnlicher Unfall. Wie gesagt, wir wissen es nicht. Und solange wir nichts wissen, werde ich auch nichts sagen, Herr Tjaden.«

»Kein Fahndungsaufruf oder dergleichen?«

»Nein.«

»Sie brauchen keine Hinweise aus der Bevölkerung, wie es immer so schön heißt?«

»Nein«, sagte Steen in einem Tonfall, der so viel Entschiedenheit signalisierte, dass selbst ein so hartnäckiger Reporter wie Tammo Tjaden das zur Kenntnis nehmen und akzeptieren musste.

Einen Augenblick lang hatte Steen tatsächlich darüber nachgedacht, Tjaden zu verraten, dass das Opfer eine Frau war und dass man jetzt eine Frau suchte, die verschwunden war oder der zumindest ein Arm fehlte. Aber in letzter Sekunde hatte der Kommissar sich dann doch anders entschieden. In diesem Fall, so dachte er sich, ist es vielleicht besser, die wenigen Informationen, die bislang vorlagen, so lange wie möglich zurückzuhalten.

Es war keine logische Abwägung, die Steen zu dieser Entscheidung geführt hatte, sondern eher eine Art Instinkt.

»Tut mir leid, Herr Tjaden«, sagte Steen. »Aber sobald wir etwas für Sie haben, was Sie verwenden können, werde ich es Sie sofort wissen lassen.«

»Meine Nummer haben Sie?«

»Natürlich.«

Tjaden legte eine Visitenkarte des *Neuen Ostfriesenblattes* neben Steens Teller mit dem sogenannten Hafenarbeiter.

»Damit Sie sie auch nicht vergessen«, sagte der Reporter.

»Ob Sie es glauben oder nicht, Herr Tjaden, die Nummer kann ich inzwischen auswendig!«

»Erstaunlich.«

»Wieso, trauen Sie es mir nicht zu, dass ich mir eine mehrstellige Zahlenfolge merken kann?«

»Normalerweise merkt man sich nur Nummern, die man auch benutzt«, sagte Tjaden. »Und abgesehen davon wäre dann meine Nummer ja auch in Ihrem Smartphone gespeichert, was aber offenbar auch nicht der Fall ist – so selten, wie Sie sich bisher bei mir gemeldet haben.«

»Herr Tjaden. Ich würde Ihnen wirklich gerne helfen. Aber ich kann mir ja schlecht irgendetwas aus den Fingern saugen.«

Steen zuckte mit den Schultern. »Sie können doch noch mal ein paar Zeilen über das Matjes-Fest schreiben. Ein paar Bürgerstimmen einfangen oder so. Und außerdem können Sie darüber schreiben, warum wir in diesem Jahr einen so ungewöhnlich kalten Juni haben, obwohl doch alle sagen, dass unser Klima global gesehen heißer wird. Damit kriegt man sicher die Emden-Seite voll.«

Tammo Tjaden seufzte. »Früher hieß das mal: die Polizei, dein Freund und Helfer.«

»Ja, das gilt auch immer noch.«

»Anscheinend aber nicht für die Reporter des *Neuen Ostfriesenblattes*.«

»Herr Tjaden, ich werde zu gegebener Zeit schon auf Sie zukommen. Aber ohne irgendwelche belastbaren Fakten wäre das unverantwortlich.«

Tjaden sah auf seine Uhr.

»Na, dann werde ich mal wieder. Unsereins hat nämlich noch keinen Feierabend. Bis gedruckt wird, muss ich noch zusehen, dass da noch ein paar Seiten im Blatt gefüllt werden.«

»Tschüss«, sagte Steen.

Tjaden machte nur eine lässige Handbewegung.

Steen schmeckte der Hafenarbeiter außerordentlich gut.

Rieke kam zu ihm und meinte: »Er hat extra auf dich gewartet, Steen.«

»Ich weiß«, sagte Steen. »Er kann's einfach nicht lassen.«

»Er hat mir erzählt, warum er hier ist.«

»Und dich gebeten, mich etwas zu bearbeiten, damit er doch noch was serviert bekommt?«

»Na, so direkt will ich das jetzt nicht sagen.«

»Wenn ich ihm etwas gesagt hätte, dann wüsste das morgen auch der Täter«, sagte Steen.

»Ich dachte, es steht noch gar nicht fest, dass es überhaupt ein Verbrechen gibt, Steen.«

Steen hob die Augenbrauen.

»Anscheinend hast du genau zugehört, Rieke!«

»War unvermeidlich, Steen.«

»Na ja …«

»Wer irgendwelche Geheimabsprachen treffen will, der ist in diesem Lokal nicht an der richtigen Adresse, glaube ich«, sagte Rieke.

Steen lächelte.

»Das glaube ich auch«, gestand er.

Kapitel 5

Steens Polizeikollege Ihno Purwin hatte an diesem Tag nach Feierabend noch etwas Wichtiges vor. Auch wenn er später von der Dienststelle weggekommen war als eigentlich vorgesehen und ihm der Tag noch ziemlich in den Knochen saß.

Die Uniform trug er noch, als er sich in seinen Privatwagen setzte, um damit nach Ditzum an der Ems-Mündung zu fahren. Da gab es einen Yachthafen und genau dort wollte Ihno Purwin hin.

Er stellte den Wagen ab, stieg aus und ging zu den Anlegestellen.

Zwei Wasserfahrzeuge fielen ihm gleich auf. Das eine war ein Ausflugsschiff. Eine gute Busladung Touristen konnte es fassen. Der Name lautete »Dollart Titanic«. Daneben war ein Jollenkreuzer festgemacht worden, der den Namen »Kleine Dollart Titanic« trug. Vermutlich derselbe Besitzer, dachte Ihno Purwin. Und offenbar jemand mit Sinn für Humor.

Ihno ging zum Anleger der »Dollart Titanic«.

Ein Mann war an Bord.

Offenbar räumte er auf.

»Moin!«, sagte Ihno.

»Moin! Moin!«, dröhnte es zurück.

Der Mann blickte jetzt zu Ihno herüber. Er zuckte förmlich zusammen. Muss an der Uniform liegen, dachte Ihno. Eigentlich hatte er sie ja auch ablegen wollen, bevor er hier aufkreuzte. Aber dazu war einfach nicht genug Zeit gewesen.

»Was ist passiert?«, dröhnte der Mann.

»Sind Sie Herr Frauko Willarts?«

»Bin ich.«

»Ich bin Ihno Purwin.«

»Und was ist nun los?«

»Nix ist los.«

Frauko Willarts runzelte die Stirn. »Nix ist los?«, wunderte er sich. »Aber wenn nix passiert ist, was wollen Sie dann hier?«

»Ich bin wegen der Anzeige hier.«

»Ich hab niemanden angezeigt.«

»Ich meine die Stellenanzeige in der Zeitung. Wegen den Schiffsfahrten durch den Dollart und den Führungen durch die Welt der versunkenen Dörfer und so weiter.«

Frauko Willarts verzog zunächst ungläubig das Gesicht. Die Augenbrauen des breitschultrigen, ziemlich stabil gebauten Mannes zogen sich so eng zusammen, dass man glauben konnte, dass sie in der Mitte zusammengewachsen waren. Die Gesichtsfarbe veränderte sich von vornehmer Ostfriesenblässe in dunkles Rot. Aus irgendeinem Grund schien ihn der Besuch eines uniformierten Ordnungshüters innerlich aufgewühlt zu haben.

Ihno Purwin hatte dafür vollstes Verständnis.

Dazu trägt man ja schließlich Uniform, dachte er. Auf diese Weise lief ein Polizist wie die Personifizierung des schlechten Gewissens durch die Gegend und plötzlich hielten sich auf wundersame Weise alle an Regeln und Gesetze, hielten Tempolimits ein und mäßigten ihren Umgangston. So zumindest die Theorie. Tatsächlich hatte dem Empfinden Ihno Purwins nach die ordnungserhaltende Kraft der Polizeiuniform in den letzten Jahrzehnten erheblich nachgelassen.

»Kommen Sie an Bord«, sagte Frauko Willarts.

Das ließ sich Ihno Purwin nicht zweimal sagen.

Wenig später hatte er das Ausflugsschiff betreten und stand neben Frauko Willarts, der ihn um einen halben Kopf überragte. Ein wirklich kräftig gebauter Mann, der jetzt die Arme vor der Brust verschränkte.

»Ja, wie gesagt, ich bin wegen Ihrer Stellenanzeige hier.«

»Tja, aber Sie sind doch …« Frauko Willarts deutete auf die Uniformmütze seines Gegenübers. »Sie sind doch im Moment was anderes! Mal vorausgesetzt, dass die Uniform echt ist und Sie nicht der Vertreter irgendeines Karnevalsclubs sind.«

»Nö, bin ich nicht.«

»Sie sprechen auch wie einer von hier.«

»Ich werde in Kürze pensioniert.«

»Ah ja.«

»Und da dachte ich mir: Nichts tun, das ist noch nichts für mich.«

»Die dicke Beamten-Pension reicht Ihnen nicht?«

Da klang durchaus etwas Gehässigkeit und Neid in Frauko Willarts Worten mit, aber Ihno Purwin entschloss sich, diesen Unterton einfach zu überhören. Er konnte die Galligkeit seines Gegenübers sogar bis zu einem gewissen Grad verstehen.

»Ich interessiere mich für die Geschichte Ostfrieslands und habe mich immer damit in irgendeiner Form beschäftigt.«

»Ah, so ein Heimatverbundener also.«

»Sie machen doch Fahrten, die die Leute über die versunkenen Dollart-Dörfer informieren sollen?«

»Richtig.«

»Und Sie suchen jemanden, der solche Führungen anbieten kann.«

»Ich will ein zweites Ausflugs-Boot anschaffen«, sagte Frauko Willarts. »Und logischerweise kann ich das nicht selbst fahren. Da brauche ich jemanden.«

»Gut, da wäre ich sicher der Richtige.«

»Haben Sie einen Bootsführerschein?«

»Habe ich.«

»Und Sie kennen sich mit dem Dollart aus?«

»1509 gab es die Cosmas- und Damiansflut. Damals überflutete das Meer weite Gebiete des Rheiderlandes und der Dollart erreichte seine größte Ausdehnung. Mindestens zwanzig Dörfer versanken in den Fluten. Manche tauchten später wieder auf, als sich das Meer etwas zurückzog. Andere blieben für immer unter dem Meer.«

»Na ja, ein bisschen mehr werden Sie schon erzählen müssen.«

»Damals herrschte Bürgerkrieg in Ostfriesland. Wenn die Ostfriesen einig gewesen wären, hätte diese Flut nicht einen so furchtbaren Schaden anrichten können. Aber anstatt die Deiche zu erhalten, zerstörten die unterschiedlichen Kriegsparteien sie.«

»Ja, so war das.«

»Ostfriesen sollten zusammenhalten.«

»Sowieso, immer und überall.«

»Genau!«

»Das sollte man daraus lernen.«

»Ich bin Ihno.«

»Frauko.«

Frauko musterte Ihno einen Augenblick lang eingehend und meinte dann: »Wenn sich herumspricht, dass ein Polizist an Bord ist, werden die Taschendiebstähle mit Sicherheit gegen Null gehen«, war er überzeugt.

»Ja, kann schon sein.«

»Ich meine, es besteht doch kein Grund, so etwas geheim zu halten, oder?«

»Nein.«

»Wie auch immer. Im Augenblick ist mein zweites Schiff noch in der Werft. Ich hab's zwar ganz günstig gebraucht kaufen können, aber es muss natürlich erst mal generalüberholt werden. Und das dauert noch etwas.«

Ihno Purwin machte eine wegwerfende Handbewegung. »Noch bin ich ja im Dienst.«

»Wie lange hast du denn noch?«

»Zwei Monate.«

»Das würde ja genau passen.«

Ihno nickte. »Eben! Das meine ich ja! Und den ganzen Tag zu Hause als Pensionsempfänger herumzusitzen, das ist einfach nichts für mich. Ich muss noch irgendwas zu tun haben.«

»Kann ich gut verstehen.«

»Ganz früher, als junger Mann, da wollte ich ja mal zur See fahren. Ich meine, hier in Emden hat man ja immer den Hafen vor Augen und die Schiffe und so …«

Frauko Willarts zog wieder seine Augenbrauen zusammen. »Und? Was ist dazwischengekommen?«, wollte er wissen.

Ihno Purwin zuckte mit den Schultern. »Mein Pa und meine Ma meinten, ich sollte lieber was Sicheres machen. Und was könnte sicherer sein, als bei der Polizei einen Job zu suchen?«

Frauko grinste schief.

»Geklaut wird immer, was?«

»So könnte man die Sachlage treffend zusammenfassen«, bestätigte Ihno Purwin.

»Na ja, ich persönlich hatte schon wiederholt Ärger mit deinen arroganten Kollegen.«

»Weswegen denn?«

»Weil ich mit dem Trecker zu schnell gefahren bin.«

»Landwirtschaftliche Nutzfahrzeuge – 25 Stundenkilometer.«

»Die fahren auch schneller, wenn man sie richtig einstellt! Und man kann dadurch eine Menge Zeit sparen – aber dein Kollege hatte dafür kein Verständnis! Kein Wunder, wenn man die Pension sicher hat und jeden Monat das dicke fette Gehalt auf dem Konto landet, ganz egal, wie tief und fest man an seiner Dienststelle geschlafen hat!«

»Jo, dat sind jetzt aber ein paar ganz heftige Vorurteile gegenüber dem Beamtentum«, sagte Ihno Purwin irritiert.

»Ja, immer schön beim Büroschlaf nicht durch das eigene Schnarchen den Kollegen aufwecken!«

»Nun mach mal einen Punkt, Frauko!«, sagte Ihno energisch und bedachte dabei gerade noch rechtzeitig, dass sie ja inzwischen beim Du und Vornamen angekommen waren. Ihno hatte den strengen Die-Polizei-regelt-das-hier-Tonfall aber trotzdem gut getroffen, obwohl ihm das eigentlich erheblich leichter fiel, wenn er sein Gegenüber mit Sie anredete.

»Ist nicht persönlich, Ihno«, sagte Frauko Willarts daraufhin. »Und Gesetze dagegen, dass man die Wahrheit sagt, gibt es doch noch nicht, oder?«

»Nö, nicht dass ich wüsste.«

»Na also!«

»Auch wenn man schräges Zeug redet, ist das im Prinzip erlaubt.«

»Na siehst du!«

»Tja, wie gesagt, ich würde gerne auf deiner neuen Ausflugs-Titanic anfangen, Frauko.«

»Über den Lohn müssen wir dann mal reden, Ihno. Ich muss natürlich auch mit spitzem Bleistift rechnen.«

»Schon klar.«

»Ich rechne das alles mal durch und dann sag ich dir Bescheid, in Ordnung?«

»In Ordnung.« Ihno holte eine Visitenkarte heraus, auf der seine Kontaktdaten standen. »Das ist mein privates Handy, aber das nutze ich auch dienstlich. Ruf einfach an.«

»Ich sag ja: Beamte! Solche Sachen während der Dienstzeit regeln, das geht wohl nirgendwo sonst!«

Ihno wehrte ab: »Jetzt fang nicht wieder mit dem Schiet an!«

»Nee, keine Sorge! Sonst gibt's mit dir vermutlich eine Endlosdiskussion – und für die hat wohl keiner von uns Zeit, oder?«

»Also, dann sehen wir uns hoffentlich bald an Bord«, sagte Frauko.

»Sag mal, eine Sache interessiert mich noch.«

»Ja?«

»Ist der Dollart nicht eigentlich Naturschutzgebiet?«

»Die niederländische Seite der Bucht schon«, sagte Frauko. Er grinste. »Aber die heißt ja streng genommen auch nicht Dollart.«

»Sondern?«

»Dollard – mit d am Ende.«

»Ach so.«

»Nee, aber im Ernst: Ein großer Teil ist natürlich unter Naturschutz und da brüten alle möglichen Vögel und so. Aber die lassen wir ja in Ruhe und achten auf Abstand zu den Schutzzonen. Aber es ist schon ganz interessant für die Leute, zu sehen, wo früher mal Land und Dörfer waren und wo jetzt nicht mehr.«

»Und umgekehrt.«

»Wie?«

»Na ja, einige Wasserflächen sind doch später wieder eingepoldert worden und Land geworden, oder?«

»Unter anderem ein paar Wiesen von mir.«

»Mich interessiert noch etwas anderes« sagte Ihno.

Frauko Willarts runzelte darauf die Stirn. »Du bist ganz schön neugierig, scheint mir!«

Ihno Purwin zuckte mit den Schultern. »Muss wohl eine Berufskrankheit sein, denke ich.«

»Schon klar.«

»Du hast gesagt, du hast ein paar Wiesen.«

»Ja.«

»Dann bist du Bauer.«

»Bin ich.«

»Das mit den Bootsfahrten zu den versunkenen Dollart-Dörfern machst du quasi zusätzlich.«

»Na ja – anfangs war es so.«

»Und jetzt?«

»Jetzt ist es eher umgekehrt: Die Landwirtschaft habe ich ziemlich zurückgefahren. Das lohnt sich nicht mehr so wie früher, als ich den Hof von meinen Eltern übernommen habe. Ehrlich gesagt, war das damals schon absehbar, dass das alles nach und nach zurückgeht. Da muss man sich eben neue Geschäftsfelder suchen.«

»Das geht ja nicht dir allein so.«

»Richtig.«

»Ich habe eine Kollegin, die Altje. Die bewirtschaftet im Nebenberuf auch noch den Hof ihrer Eltern mit. Ich kann dir sagen, die hat auch ganz schön zu kämpfen.«

»Wem sagst du das!«

»Also, ich sag ja immer: So was wäre nichts für mich.«

»Tja, was soll man machen!«

»Glücklicherweise haben meine Eltern mir nie einen Hof vererbt, so bin ich auch nie auf dumme Gedanken gekommen!«

Frauko Willarts grinste jetzt auf eine Weise, die selbst für seine Verhältnisse besonders schief wirkte. »Glück muss der Mensch eben haben! Früher hat man es als Glück empfunden, einen Bauernhof vererbt zu bekommen, heute ist das wie ein Mühlstein am Hals und wird als Bürde empfunden.«

Ihno Purwin nickte langsam. »So ändern sich die Zeiten.«

»Jo.«

»Tja, ich will dann mal wieder.«

»Tschüss.«

Ihno Purwin stieg an Land. Dabei rutschte er beinahe aus, konnte sich aber gerade noch auf den glitschigen Planken halten. Frauko Willarts hatte davon aber nichts mitbekommen. Er hatte Ihno nämlich den Rücken zugewandt.

Ist auch besser so, dachte Ihno. Schließlich war es sicher nicht günstig, wenn er sich hier als Trottel präsentierte, der Schwierigkeiten hatte, beim Besteigen oder Verlassen eines Bootes das Gleichgewicht zu halten.

Ihno ging einen Schritt über den Anleger in Richtung Ufer und blieb dann stehen.

Er drehte sich noch einmal um.

»Ach Frauko …«

»Ja, wat denn noch?«, knurrte Frauko, der inzwischen am Ruder eine Verkleidung abgenommen hatte, um irgendetwas zu reparieren. Er drehte sich noch immer nicht um.

»Hast du irgendwas mit einer gewissen Mareike Willarts zu tun?«, wollte Ihno Purwin wissen.

Irgendwas fiel zu Boden und schepperte.

»So’n Schiet!«, knurrte Frauko.

»Tja, ich kann dich ja auch ein andermal fragen.«

Frauko drehte sich nun um. »Mareike? Meine Schwester heißt Mareike.«

»Wie alt ist die?«

»So um die fünfzig.«

»Das ist sie!«

»Was hast du denn mit meiner nichtsnutzigen Schwester zu tun?«, wollte Frauko wissen.

Oha, dachte Ihno. Da hatte er wohl in irgendein familiäres Wespennest gestochen, ohne es zu ahnen.

»Ich dachte nur. Weißt du, als Polizist hat man ein gutes Namensgedächtnis.«

»Berufskrankheit.«

»Genau. Jedenfalls, ich war gerade mit meiner Ausbildung fertig geworden. Die erste Verhaftung, die ich durchzuführen hatte, betraf eine junge weibliche Person, die in alkoholisiertem Zustand randalierte. Und die hieß Mareike Willarts. Der Wohnort war Ditzum. So stand es in den Unterlagen, das weiß ich noch genau.«

Fraukos Gesicht verfinsterte sich. »Kann ja niemand was für seine Verwandtschaft, oder?«

»Nö, das ist natürlich korrekt.«

»Ich wette, bei dir gibt es auch die ein oder andere Mistkröte in der Sippe.«

»Bei wem nicht!«

»Eben!«

»War ja auch nur eine Frage.«

»Schon klar.«

»Und wenn's nicht die erste Verhaftung gewesen wäre, hätte ich mich wahrscheinlich auch gar nicht dran erinnert. Und natürlich, weil …«

Ihno brach ab.

Aber Frauko schien es jetzt genauer wissen zu wollen. »Weil was?«, fragte er.

»Na ja, sie hat mir bei der Aktion auf die Schuhe gekotzt. Aber das ist ja lange her.«

»Mareike war lange nicht hier. Aber jetzt ist sie wieder in der Gegend. Unkraut vergeht eben nicht.«

»Ja, da sagst du was.«

»Bis dann.«

Ihno Purwin ging zurück zu seinem Wagen. Als er sich dabei noch mal umdrehte, ließ er den Blick kurz über den malerisch gelegenen Hafen von Ditzum schweifen. Das ist also in Zukunft dein Arbeitsplatz!, dachte er. Im Vergleich zu der eher schlichten Dienstelle, auf der er die letzten Jahre und Jahrzehnte verbracht hatte, war das sicher ein guter Tausch, so fand er.

Mal sehen, dachte er.

Es war nicht nur eine berufsbedingte Skepsis, die ihn zweifeln ließ. Ihno Purwin war nun schon so lange mit Leib und Seele Polizist gewesen, dass er sich schwer vorzustellen vermochte, es nicht mehr zu sein.

Aber alles war irgendwann mal vorbei. Und so sehr er nach außen hin auch immer bekundet hatte, seiner Pensionierung geradezu ungeduldig entgegenzufiebern und es gar nicht abwarten zu können, bis es so weit war, traf in Wahrheit genau das Gegenteil zu.

Erzählonkel auf einem Ausflugsschiff ist ja auch was, dachte er. Und vielleicht konnte er Frauko Willarts davon überzeugen, dass man in dieser Eigenschaft am besten eine Uniform trug. Natürlich keine Polizeiuniform, das wäre schließlich gegen das Gesetz gewesen. Aber irgendetwas Maritimes, das erschien Ihno passend.

Mal sehen, dachte er.

Kapitel 6

Steen kam am nächsten Morgen sehr früh ins Büro. Das Telefon klingelte. Vielleicht die Kollegen von der Zweigstelle des Landeskriminalamts in Oldenburg, dachte Steen. Mit weiten Schritten durchquerte er den Raum und gelangte schließlich zu seinem Schreibtisch, um das Gespräch entgegenzunehmen.

»Hier Steen, Kripo Emden«, meldete er sich.

»Hier ist Dresen, Ordnungsamt Emden«, sagte eine Männerstimme.

»Guten Tag, Herr Dresen. Was ist Ihr Anliegen?«

»Ich rufe an wegen dem Arm, der gestern am Borkumkai gefunden wurde.«

»Ja, ich bin ganz Ohr«, sagte Steen. »Wenn Sie im Rahmen der Amtshilfe auf dem kleinen Dienstweg ein paar sachdienliche Hinweise geben können, dann nehme ich die sehr gerne entgegen!«

»Es geht um unsere Mitarbeiterin, Verwaltungsfachangestellte Ute Varels.«

»Erzählen Sie!«

»Sie hatte bis vorgestern Urlaub. Gestern hätte sie eigentlich wieder zum Dienst erscheinen müssen. Aber das hat sie nicht getan.«

»Ich nehme an, Sie haben sie zu erreichen versucht. Ich meine, so etwas kann ja auch mal auf einem schlichten Irrtum beruhen oder man hat den Flieger aus Mallorca nicht gekriegt.«

»Frau Varels verreiste nicht. Und sie ist überaus korrekt. Es ist völlig ausgeschlossen, dass sie sich mit den Urlaubstagen vertan hat.«

»Also, Sie haben versucht sie zu erreichen?«, hakte Steen noch mal nach.

»Sicher! Sie nimmt ihr Telefon nicht ab. Und eine Kollegin, die mit ihr befreundet ist, hat sie zu Hause aufgesucht.«

»Und?«

»Es hat ihr niemand aufgemacht.«

»Gibt es einen Partner? Verwandte? Nachbarn?«

»Die Nachbarn haben sie das letzte Mal vorgestern gesehen. Ansonsten hatte sie seit kurzem wohl eine Beziehung.«

»Mit wem?«

»Irgendein Bauer aus der Umgebung. Ich habe mir den Namen aufgeschrieben: Frauko Willarts aus Ditzum.«

»Sagten Sie Willarts?«

»Ja. Da haben wir natürlich angerufen. Der weiß auch nicht, wo Frau Varels abgeblieben ist, und wundert sich ebenfalls.«

Mit dem Namen Frauko Willarts konnte Steen durchaus etwas anfangen. Allerdings mehr in privater Hinsicht, als dass es bislang mit seinem Fall zu tun gehabt hätte. Mareike Willarts, seine ehemalige Mitschülerin aus dem Gymnasium, die ihn im Stadtgartencafé um sein ruhiges Frühstück gebracht hatte, indem sie den Kommissar mit ihrer nervigen Anwesenheit beehrte, hatte nämlich einen Bruder namens Frauko. Und sie stammte von einem Hof in Ditzum. Manche Leute kleben einem aber auch wie Hundekacke an den Schuhsohlen, dachte Steen. Da hatte er sich jahrzehntelang Mühe gegeben, den Namen Willarts zu vergessen, und dann hörte er diesen Namen gleich zweimal innerhalb von vierundzwanzig Stunden. Was soll das?, fragte sich Steen und zermarterte sich das Hirn über diese Frage. Aber mehr als ein paar nutzlose Gedankenschleifen kamen dabei nicht heraus. Das konnte er schon im Voraus sagen.

»Wenn Sie Näheres darüber wissen wollen, dann sollten Sie mit Frau van Eck sprechen. Das ist die Kollegin, die mit ihr befreundet ist und etwas näher über Frau Varels Bescheid weiß.«

»Und versucht hat, in ihre Wohnung eingelassen zu werden.«

»Genau.«

»Und die Information, dass Frau Varels eine Beziehung mit diesem Bauern namens Willarts hatte, die stammt von der Kollegin?«

»Ja.«

»Sie selbst hat sich dazu nie geäußert?«

»Gerüchte gab es schon. Aber es konnte niemand so richtig glauben.«

»Wieso nicht?«

»Nun, weil sie … eben so ist, wie sie ist!«

Steen überlegte einen kurzen Moment. Es gab nicht viele Vermisstenfälle im näheren Umkreis. Und noch weniger, die in irgendeiner Weise mit den bisher ermittelten Tatsachen in diesem Fall in Übereinstimmung zu bringen waren – so spärlich diese Tatsachen auch sein mochten.

Steen musste sich jetzt entscheiden.

War das eine Sache, der er nachgehen sollte?

Oder sollte er den Herrn Dresen vom Ordnungsamt an die Kollegen weiterverweisen?

Schon traurig, wenn die Arbeitskollegen die Einzigen sind, die einen vermissen, dachte Steen. Selbst ihre – angebliche – Bauernbeziehung hatte sich dazu ja nirgendwo gemeldet! Steen dachte darüber nach, ob der Grund für Letzteres vielleicht war, dass die beiden irgendwohin zusammen durchgebrannt waren, ohne irgendwem davon etwas zu sagen.

Nein, dachte er. Selbst nach dem Wenigen, was Steen bisher über Ute Varels wusste, war klar, dass sie dafür wohl nicht der Typ war. Und ein ostfriesischer Bauer war auch nicht unbedingt der Prototyp des romantischen, von Leidenschaft übermannten Liebhabers, der sich auf eine Amour fou einließ, von der, aus welchen Gründen auch immer, vielleicht niemand etwas wissen durfte.

Steen wog die verschiedenen Argumente kurz hin und her. Die Angelegenheit konnte sich als etwas ganz Harmloses herausstellen und ihn am Ende eine Menge Zeit kosten. Wertvolle Zeit, die anderen Ermittlungsansätzen verloren ging.

Andererseits – bislang gab es keine anderen Ermittlungsansätze.

Also folgte Steen seinem Instinkt.

»Ist die Kollegin, die mit Frau Varels befreundet ist, schon im Büro?«, fragte er Herrn Dresen.

»Nein, wir haben Gleitzeit. Sie hat mich vorhin angerufen. Ich nehme an, dass sie im Moment noch zu Hause ist.«

»Dann rufen Sie sie bitte jetzt an. Sie soll zur Adresse von Frau Varels kommen. Ich werde auch dort sein.«

»In Ordnung.«

»Die Adresse von Frau Varels bräuchte ich natürlich auch noch. Und die Mobilfunknummer dieser Kollegin. Ich habe den Namen nicht mehr präsent.«

»Frau von Eck. Swantje van Eck.«

»Ja, genau.«

»Die Adresse ist ...«

»Schreiben Sie mir alles in eine Mail, Herr Dresen. Wir kümmern uns um Ihre Kollegin.«

*

Schon während des Gesprächs mit Herrn Dresen hatte Steen mitbekommen, dass Altje die Dienstelle betreten hatte. Das wäre auch im Übrigen gar nicht zu überhören gewesen, da sie sich mit Ihno Purwin laut unterhielt, der ebenfalls gerade eintraf.

»Und du willst dann im Ernst über den Dollart schippern und ein paar Ruhrgebietstouristen erklären, was alles im Laufe der Zeit so überflutet wurde?«, meinte Altje mit einem deutlich skeptischen Unterton.

»Wieso nicht?«

»Ihno, das ist doch keine Aufgabe für einen Mann wie dich.«

»Ich habe dann doch keine Aufgabe mehr!«

»Und was sagt deine Frau dazu?«

»Die gönnt mir den Spaß.«

»Und deine Söhne?«

»Die sind erwachsen. Und das bedeutet, die haben dazu nichts mehr zu sagen.«

»Ihno!«

58

»Das ist ein Thema, was mich immer schon interessiert hat. Niemand weiß, wie viele Dörfer insgesamt versunken sind. Die Entstehung des Dollart hat sich vermutlich über mehr als zwei Jahrhunderte hingezogen. Immer wieder sind Dörfer überflutet worden und dann hat man sie an anderer Stelle wieder aufgebaut. Manchmal unter demselben Namen, manchmal unter neuem Namen. Die Katastrophe von 1509 kam nicht aus heiterem Himmel, sie war praktisch nur der Schlusspunkt einer langen Entwicklung!«

Altje seufzte. »Jetzt weiß ich, warum ich den Geschichtsunterricht schon in der Schule nicht leiden konnte. Wen interessiert denn dieser alte Kram!«

»Nun, es gibt Berichte über verborgene Schätze, die während des Bürgerkrieges von Häuptlingsfamilien vergraben wurden – und die dann mitsamt den betreffenden Dörfern ein Raub der Fluten wurden.«

»Meine Oma hat mir mal davon erzählt, dass der Pastor sie bei Ebbe ins Watt geschickt hat, als eine alte Kirche wieder auftauchte, um …«

»Moin erst mal!«, dröhnte jetzt Steen dazwischen. Er hatte irgendwie das Gefühl, sich als Dienststellenleiter nun bemerkbar machen zu müssen.

»Moin«, kam es bei Altje und Ihno wie aus einem Mund in einem überraschend synchronen Sprechchor.

»Ich muss mal kurz weg. Wir haben eine Vermisste, die mit unserem Arm-ab-Fall zu tun haben könnte. Ich überprüf das gleich.« Steen sah kurz auf die Uhr an seinem Handgelenk.

»Und was machen wir?«, fragte Altje.

»Hier die Stellung halten. Wenn das Landeskriminalamt in Oldenburg anruft, seht ihr das auf dem Display. Einfach klingeln lassen, dann wird es an mein Handy weitergeleitet.«

»In Ordnung, Steen«, sagte Ihno Purwin.

»Kommt Ulfert heute?«, fragte Altje.

»Ich wüsste nicht, warum nicht«, sagte Steen. »Zumindest habe ich nichts Gegenteiliges gehört.«

»Also, ich will ja jetzt nichts sagen, Steen, aber …«

Steen sah seine Kollegin stirnrunzelnd an. »Was willst du nicht sagen, Altje?«

»Ja, mit Ulferts Magen-Darm und so.«

»Ja, und?«

»Und dann isst der hinterher noch ein Fischbrötchen.«

Steen zuckte mit den Schultern. »Steckt man ja nicht drin«, meinte er.

Altje atmete hörbar durch, so als müsste sie erst mal ordentlich Sauerstoff tanken, bevor sie schließlich herausbrachte, was ihr offenbar schon lange auf der Zunge lag: »Also, wenn der Ulfert eine Frau wäre, würde ich sagen, er ist schwanger.«

»Hm«, brummte Steen. »Aber als Nebenerwerbslandwirtin bist du wohl eingehend genug mit den Vorgängen des Lebens vertraut, dass du weißt, dass das nicht möglich ist.«

»Ich hab ja nur gesagt, was ich denke«, meinte Altje. »Irgendwas stimmt da nicht. Aber das finde ich noch heraus.«

Berufskrankheit, dachte Steen.

Kapitel 7

Ute Varels bewohnte eine Eigentumswohnung im Obergeschoss eines Reihenhauses am Stadtrand von Emden.

Brav und bieder wirkende Klinkerbauten herrschten hier vor. Die Gärten waren gepflegt und in den Pflasterfugen der Einfahrten und Bürgersteige gab es nicht einmal einen grünen Schimmer moosigen Unkrauts.

Jedem, der das sah, war sofort klar: Dies war ein Ort, an dem Ordnung herrschte. Das passende Zuhause für eine Frau, die die Ordnung zu ihrem Beruf und vielleicht auch zu ihrer Berufung gemacht hatte, indem sie irgendwann die Stelle im Ordnungsamt angetreten hatte.

Steen stellte den Wagen am Straßenrand ab.

Sogleich ließ er suchend den Blick schweifen.

In so einer Umgebung, das wusste er aus einschlägiger leidvoller und Erfahrung, musste man auch immer damit rechnen, dass die Anwohner es einem extrem übelnahmen, wenn man sich nicht genau an die örtlichen Parkregeln hielt. Also suchte Steen nach einem Parkverbotsschild. Der Mensch gehörte nun mal zu den Tieren mit einem ausgeprägten Territorialverhalten. Jeder Verstoß gegen die Revieransprüche anderer sorgte für Ärger. Und der schlimmste Verstoß, der in dieser Hinsicht denkbar war, war die unrechtmäßige Inbesitznahme fremden Parkraums. Und zwar auch dann, wenn dieser Parkraum im Augenblick eigentlich von niemandem benutzt wurde.

Recht musste schließlich Recht bleiben.

Steen fand nirgends ein Parkverbotsschild oder sonst irgendeinen der üblichen Hinweise, die Ortsfremden das Abschleppen ihrer Fahrzeuge androhten.

Der Blick des Kommissars schweifte die Fenster entlang. Es hätte ihn nicht gewundert, wenn dort irgendwer aufmerksam hinter den Gardinen gesessen und ihn beobachtet hätte. Einen Augenblick lang überlegte Steen, ob er vielleicht seinen Kripo-Ausweis hervorholen und vorzeigen sollte. Mit einem Opernglas konnte man den sicher auch aus den Fenstern genau identifizieren.

Oder ich schwenke die Handschellen, dachte der Kommissar.

In diesem Moment kam ein weiteres Fahrzeug die Straße entlang und parkte direkt hinter Steens Wagen. Eine Frau stieg aus.

»Sind Sie Frau Swantje van Eck?«, fragte Steen.

»Ja.«

Steen holte nun doch seinen Ausweis hervor und hielt ihn Swantje van Eck entgegen. »Steen, Kripo Emden.«

»Herr Dresen hat mir gesagt, dass ich hier vorbeikommen soll.«

»Genau, ich hatte ihn darum gebeten.«

»Ja, ich dachte, in der heutigen Zeit kann man ja nicht vorsichtig genug sein. Und da jetzt am Borkumkai ein Arm gefunden wurde und jemand vermisst wird … Ich will gar nicht daran denken, dass der Ute – also Frau Varels – was passiert ist.«

»Da wollen wir auch nicht per se von ausgehen. Aber es ist schon richtig, das jetzt zu überprüfen und so einen Verdacht gegebenenfalls auszuräumen.«

»Dachte ich mir auch.«

»Dann gehen wir mal.«

Swantje van Eck folgte Steen.

Vor der Haustür blieben sie stehen. Steen klingelte an der Klingel, die mit Ute Varels' Namensschild gekennzeichnet war.

»Sie ist nicht da«, sagte Swantje van Eck. »Zumindest, als ich es das letzte Mal versucht habe.«

»Wann war das?«

»Gestern Abend. Ich hatte es am Tag schon versucht.«

»Aber Sie hielten es nicht für nötig, bereits gestern Abend die Polizei einzuschalten.«

»Es war schon fast Mitternacht. Ich war noch auf der Feier vom Boßelverein und dachte, jetzt ist es schon zu spät.«

»Wir arbeiten notfalls auch zu ungewöhnlichen Zeiten.«

»Ja, aber außerdem wollte ich auch erst mit unserem Chef sprechen, dem Herrn Dresen.«

»Nee, das verstehe ich, ohne Chef läuft nichts.«

»Außerdem, ich meine, das alles ist mir schon etwas peinlich. Es hätte ja auch sein können, dass das jetzt endlich mit ihrem Bauern so richtig gefunkt hat und sie deswegen nicht in ihre Wohnung zurückgekehrt ist.«

»Sie sprechen von Frauko Willarts aus Ditzum.«

Swantje van Eck sah Steen erstaunt an. Dass der Kommissar sich bereits so eingehend informiert hatte, schien sie zu überraschen. »Ja, genau den meine ich. Obwohl Ute, die Gute, ja nicht so unbedingt der große Vamp war.«

»Nee?«

»Nun, sie war jetzt nicht hässlich, aber irgendwie hatte sie nicht unbedingt eine glückliche Art, um auf Männer zuzugehen. Oder sich von ihnen ansprechen zu lassen. Also, mich hat das nie gewundert, dass sie noch Single war.«

»Langsam kann ich mir ein Bild machen.«

»Aber wissen Sie, sie hätte wirklich niemals ihren Dienst im Amt geschwänzt! Wirklich niemals! Es sei denn, es hätte ein wirklich stichhaltiger Grund vorgelegen. Was weiß ich: Unfall und Krankenhausaufenthalt mit zwei gebrochenen Beinen oder so was. Da war sie so was von korrekt, die gute Ute.«

Steen fiel der Unterton auf, mit dem Swantje van Eck das sagte.

Ute, die Gute.

Und: die gute Ute.

Das war etwas zu viel vom Guten, wie Steen fand. Die Erklärung war vermutlich Neid. Swantje van Eck war vermutlich nicht so perfekt und korrekt. Und es wäre auch nicht das erste Mal gewesen, dass jemand mit einem stark ausgeprägten Ordnungssinn der Allgemeinheit damit gehörig auf die Nerven ging.

Vor allem Kollegen, die da vielleicht nicht mithalten konnten. Wenn jemand die Maßstäbe übertraf, dann setzte er meistens damit unweigerlich auch die anderen unter einen gewissen Druck. Nicht selten kam das in der Kollegenschaft nicht gut an.

»Da macht auch jetzt niemand auf«, sagte Steen.

»Dann klingeln Sie bei Frau Remmers ganz im Erdgeschoss. Die ist immer da«, sagte Swantje van Eck zu Steen.

Steen tat dies. Wenig später konnten sie beide eintreten.

Frau Remmers, eine rüstige Seniorin, stand schon vor ihrer Wohnung.

»Danke, dass Sie uns aufgemacht haben. Wir wollen zu Frau Varels«, sagte Steen. Er hielt ihr seinen Ausweis hin. »Ich bin Kommissar Steen von der Kripo Emden.«

»Aber die Frau Varels hat doch nichts verbrochen!«

»Nein, das ist alles erstmal nur Routine«, sagte Steen. »Wann haben Sie sie denn zuletzt gesehen?«

»Die Frau Varels war zum letzten Mal vorgestern Mittag hier. Und das auch nur kurz. Sonst hat man sie ja morgens aus dem Haus gehen hören, wenn sie zu ihrer Stelle auf dem Amt gefahren ist. Aber in letzter Zeit habe ich das nicht mehr gehört.«

»Sie hatte Urlaub«, sagte Swantje van Eck.

Frau Remmers sah sie mit einem nicht zu übersehenden Stirnrunzeln an und musterte sie von oben bis unten. »Sie habe ich auch schon gesehen«, sagte sie. »Gestern und irgendwann zuvor …«

»Frau Remmers, wir müssten mal in die Wohnung von der Frau Varels«, sagte Steen. »Möglicherweise ist Gefahr im Verzug.«

»Oh mein Gott, so was!«

»Wissen Sie, ob Frau Varels irgendwo einen Schlüssel für Notfälle deponiert hat?«

»Ja, bei mir!«

»Dann möchte ich Sie bitten, mir den auszuhändigen, damit ich nicht die Tür aufbrechen muss.«

»Könnte ich noch mal Ihren Ausweis sehen, Herr …«

»Kriminalhauptkommissar Steen. Natürlich können Sie das.«

*

Wenig später schloss Steen die Wohnungstür von Ute Varels auf und trat ein.

»Frau Varels?«, fragte Steen laut. »Sind Sie hier?« Natürlich glaubte Steen nicht im Ernst daran, darauf eine Antwort zu bekommen. Ganz sicher jedenfalls nicht von der Wohnungsbesitzerin.

Steen wandte sich zu Swantje van Eck um, die etwas unschlüssig an der Türschwelle verharrte.

»Waren Sie schon mal hier drin?«

»Nein, nie.«

»Aber soweit ich weiß, waren Sie beide doch befreundet, Ute Varels und Sie!«

»Ja, das schon.«

»Und dann waren Sie nie in ihrer Wohnung?«

»Sie hat das immer vermieden. Zu sich eingeladen hat sie mich nicht. Wenn wir uns mal getroffen haben – was selten genug vorkam – dann entweder bei mir oder an einem neutralen Ort. Café oder so.«

»Verstehe.«

»Ute ist nicht sehr gesellig.«

»Das habe ich schon mitgekriegt.«

65

»Und seit sie mit diesem Bauern ... Seitdem haben wir uns gar nicht mehr getroffen. Sie hat auch nie viel von sich erzählt. Es war immer eher so, dass sie mir zugehört hat, wie ich leider gestehen muss. Wenn Sie jetzt denken, dass ich sie einfach nur vollgequatscht habe, dann stimmt das in gewisser Weise schon, aber ...«

»Kommen Sie ruhig mit rein«, sagte Steen. »Vielleicht können Sie mir den einen oder anderen Hinweis geben.«

»Wenn Sie meinen.«

»Na jedenfalls kennen Sie Frau Varels schon mal besser als ich, oder?«

»Ja, das mag schon sein.«

»Na also!«

»Ich müsste aber dem Herrn Dresen Bescheid geben, dass ich etwas später komme.«

»Tun Sie das. Ich wette, der kann sich das auch schon denken, Frau van Eck. Er rechnet innerhalb der nächsten Stunde eher mit einem Anruf von mir als von Ihnen. Kommen Sie mit rein. Herrn Dresen können Sie nachher noch Bescheid sagen. Und gegen Ihre Dienstordnung verstoßen Sie nicht, denn letztlich kommen Sie nur Ihren staatsbürgerlichen Pflichten nach.«

»Wenn Sie das sagen ...«

Sie bewegte sich zögernd. Zögernd, aber neugierig. Ein bisschen so, als ob sie sich auf vermintem Gelände befände.

Die Wohnung von Ute Varels war so, wie Steen es erwartet hatte: sparsam eingerichtet und extrem penibel aufgeräumt. Alles hatte hier seinen Platz, nirgends konnte man Staub entdecken. Es gab ein kleines Bücherregal mit ein paar sorgfältig der Größe nach sortierten Büchern. Die Sitzecke im Wohnzimmer war schlicht, die Sessel aus Leder, der Tisch aus Glas.

An der Wand hing ein Bild mit geometrischen Mustern.

Man konnte das abstrakt nennen.

Oder schlicht langweilig. Aber irgendwie schien es zu dem zu passen, was Kommissar Steen bisher über Ute Varels in Erfahrung hatte bringen können.

»Glauben Sie, dass Ute die Tote ist, die am Borkumkai gefunden wurde?«, fragte Swantje van Eck.

Steen verzichtete darauf, sie darauf hinzuweisen, dass es streng genommen ja nur der Arm einer mutmaßlich Toten war, und keine Leiche. »Das werden wir herausfinden«, sagte Steen. Er versuchte dabei, so etwas wie einen Unterton der Zuversicht in seine Stimme zu legen. Tatsächlich hatte Steen aber inzwischen ein paar Zweifel, ob man hier weiterkommen würde. Die Wohnung war so sauber … Man konnte nur hoffen, dass die gute Ute doch noch irgendwo eine DNA-Spur hinterlassen hatte, die man mit der DNA des aufgefundenen Arms vergleichen konnte.

Im Prinzip waren Sauberkeit und Ordnung ja auch eine erfreuliche Sache, die Steen durchaus zu schätzen wusste.

Im Prinzip …

In dem konkreten Fall, dass man eine vermisste Person suchte, war das natürlich anders. Dann brauchte man Spuren.

Steens Telefon klingelte. Es war eine Sachbearbeiterin des Landeskriminalamtes in Oldenburg. Steen kannte sie nicht, sie musste neu dort sein. Ihren Namen hatte er nicht richtig verstanden, aber das war nicht weiter schlimm. Schließlich würde er den Bericht ja noch in ausführlicher, schriftlicher Fassung bekommen und da war der dann sicher vermerkt.

»Herr Steen, ich kann Ihnen leider keine guten Nachrichten überbringen«, sagte die Sachbearbeiterin.

»Das heißt: Sie haben nichts herausfinden können«, stellte Steen fest.

»Ihr Kollege hat ja bereits einen DNA-Schnelltest durchgeführt. Wir haben hier im Institut noch ein paar weitere Tests gemacht und haben die Ergebnisse mit allen nur erdenklichen und uns zur Verfügung stehenden Datenbanken abgeglichen. Weder die Fingerabdrücke, noch die DNA sind irgendwo registriert. Dass die Person, der der Arm gehörte, weiblich ist, stand ja schon fest und hat sich durch weitere Untersuchungen bestätigt. Wir nehmen an, dass die Frau Anfang vierzig war.«

»Sie sprechen von ihr in der Vergangenheit«, stellte Steen fest.

»Ja, und das leider mit gutem Grund. Aufgrund unserer Untersuchungen gehen wir davon aus, dass die betreffende Person schon tot war, als der Arm abgerissen wurde.«

»Ist das sicher?«

»Nicht vollkommen, aber drücken wir es so aus: Für dieses Szenario gibt es eine signifikant erhöhte Wahrscheinlichkeit.«

»Das heißt, unsere Suche nach einer einarmigen Frau können wir wohl aufgeben«, murmelte Steen.

»Wie meinten Sie?«

»Ach, nichts.«

»Noch etwas: Unser Gerichtsmediziner meinte, dass Hand und Unterarm ein typisches Abwehrhämatom aufweisen würden.«

»Ein Abwehrhämatom?«

»Wie bei einem Schlag mit einem harten Gegenstand.«

»Kann diese Verletzung nicht durch die Schiffsschraube entstanden sein?«

»Der Kollege meint nein. Als das Hämatom entstanden ist, hat sie wohl noch gelebt. Der bisherige Erkenntnisstand ist also der: Es könnte eine Abwehrverletzung gegeben haben, die nicht der Einwirkung der Schiffsschraube zuzuordnen wäre.«

»Aber sicher ist das nicht!«

»Was erwarten Sie bei einem Arm, der offenbar längere Zeit im Meerwasser gewesen ist.«

»Auch wieder wahr.«

»Ich melde mich, falls es noch neue Erkenntnisse gibt, Herr Steen.«

»Dankeschön.«

Steen beendete das Gespräch.

Es gab durchaus Hinweise auf einen Mord. Auch wenn sie vage waren und sich das Ganze vielleicht auch nur schwer beweisen ließ, zumal nicht damit zu rechnen war, dass der Rest der Leiche jemals noch mal auftauchte und einer forensischen Untersuchung zugeführt werden konnte.

Einen Augenblick stand Steen sehr nachdenklich da. Der Blick war nach innen gerichtet.

»Herr Steen?«, drang die Stimme von Swantje van Eck in das Bewusstsein des Kommissars. Sie klang in diesem Augenblick wie aus weiter Ferne, so sehr war Steen in Gedanken.

»Ja«, sagte er schließlich und vollführte eine ruckartige Bewegung.

Swantje van Eck war in der Küche, wie Steen dann begriff. Er folgte ihr.

Sie deutete auf einen sorgfältig gerahmten Zeitungsartikel neben dem Kühlschrank. »Das ist er.«

»Wer?«

»Na, der Bauer ihres Herzens – Frauko Willarts. Ich habe den Artikel auch gelesen. Der kam vor ein paar Wochen im *Neuen Ostfriesenblatt*. Es ging da um Ausflugsfahrten mit einem Schiff oder Boot, die Herr Willarts wohl anbietet. Und dass er wohl daran denkt, noch ein zweites anzuschaffen, weil sich das mehr lohnen würde als seine Landwirtschaft.«

Steen sah sich den Artikel an.

Frauko Willarts posierte auf dem Foto vor der Anlegestelle seiner »Dollart Titanic.«

»Ute Varels scheint diese Beziehung nicht gerade an die große Glocke gehängt zu haben«, sagte Steen.

»Nein. Ich musste ganz schön nachbohren, um es von ihr bestätigt zu bekommen. Aber ich kenne jemanden in Ditzum, der wiederum jemand anderen kennt und so weiter …«

»Mit anderen Worten, Sie hatten zuverlässige Quellen.«

»Ja.«

»Sie bezeichnen sich als Ute Varels Freundin.«

»Das ist vielleicht übertrieben.«

»Wie meinen Sie das?«

»Also, ich verstehe eigentlich etwas anderes unter Freundschaft. Aber Ute ist eben sehr verschlossen und in sich gekehrt. Sie hat andere Menschen an ihrem Leben kaum teilhaben lassen. Der Beruf und die Pflichterfüllung stehen für sie im Vordergrund. ›Dienstliche Belange‹! Meine Güte, nicht mal unser Chef, der Herr Dresen, benutzt dieses Wort so oft wie Ute! Das sagt doch alles, oder?«

»Ich maße mir da kein Urteil an«, sagte Steen.

»Aus Utes Sicht betrachtet, bin ich ihre beste Freundin, denn eine andere hat sie nicht. Umgekehrt …« Swantje van Eck verschränkte die Arme vor der Brust und zuckte mit den Schultern. Sie wich dabei Kommissar Steens durchdringendem, prüfendem Blick aus. Irgendetwas schien ihr peinlich zu sein.

»Gibt es außer diesem Herrn Willarts und Ihnen noch jemanden, der regelmäßig Kontakt zu Ute Varels hatte?«, fragte Steen.

»Nicht, dass ich wüsste.«

»Was ist mit ihren Eltern?«

»Die Mutter ist schon vor Jahren relativ jung gestorben.«

»Und der Vater?«

»Über den hat sie nie gesprochen. Ich glaube, das Verhältnis war nicht so gut.«

»Woraus schließen Sie das?«

Swantje van Eck zuckte mit den Schultern. »Keine Ahnung, einfach nur so ein Gefühl. Ich bin ja neugierig und wollte auch etwas mehr erfahren. Aber das war immer schwierig bei Ute. Sie hat im Prinzip nie jemanden wirklich an sich herangelassen. Bei den Weihnachtsfeiern der Abteilung ist sie immer als Erste gegangen. Wenn man irgendwo mal zusammensaß, dann hat sie sich eigentlich nie geäußert, es sei denn, es ging um dienstliche Belange.«

»Da fragt man sich natürlich, wie das mit dem Bauern aus Ditzum zustande gekommen ist«, überlegte Steen.

»Vermutlich über eine Kontaktanzeige oder ein Dating-Portal oder so was.«

»Hat sie Ihnen das erzählt?«

»Nee, aber wie soll es denn sonst gelaufen sein? Anders kann ich mir das nicht vorstellen! Im realen Leben geht Ute doch jeder Gelegenheit, Menschen zu treffen, aus dem Weg!«

»Das klingt zwar logisch, aber ...«

»Ich meine, es ist doch so: Jemand wie Sie, der kommunikativ und umgänglich ist, lernt doch sofort jemanden kennen. Und deswegen werden Sie auch bestimmt kein Single sein, da gehe ich jede Wette ein. Aber bei jemandem wie Ute ist das eben anders.«

Ihr Wortschwall war überhaupt nicht zu bremsen.

»In diesem Punkt kann ich mich auf mein Gefühl ziemlich gut verlassen.«

»Meinen Sie?«

»Ja, finden Sie nicht?«

»Bin Single«, sagte Steen.

»Ach so«, sagte sie nur.

Und dann begriff Steen, dass er dieser neugierigen Frau vermutlich auf den Leim gegangen war. Genau das hatte sie nämlich wohl wissen wollen: Ob er Single war.

»Na ja, wenn Sie schon mit Ihrer – Menschenkenntnis– so wenig über Ute Varels herausgekriegt haben, dann muss sie wohl tatsächlich sehr verschlossen gewesen sein«, stellte Steen dann fest.

Er griff zum Handy.

Im nächsten Augenblick hatte er Ulfert am Apparat.

»Wo bist du jetzt?«

»Natürlich auf der Dienstelle«, sagte Ulfert. »Und um deine Frage, die du noch gar nicht gestellt hast, gleich vorweg zu beantworten: Mir geht es gut.«

»Das freut mich. Ich bin hier in der Wohnung von Frau Ute Varels, die seit gestern vermisst wird. Wir müssen abklären, ob sie vielleicht die Frau ist, die wir suchen.«

»Am besten man findet irgendeine Vergleichsprobe mit DNA-Material der Wohnungsbesitzerin. Oder einen Fingerabdruck.«

»Ja, so ähnlich dachte ich mir das auch, Ulfert. Es gibt nur ein Problem: Die Dame ist sehr reinlich.«

»Dann bedeutet das im Prinzip nur, dass man länger suchen muss«, sagte Ulfert. »Dass jemand irgendwo zu Hause ist und keine verwertbaren Spuren hinterlässt, mit denen sich ein Arm zuordnen lässt, das gibt es nicht.«

»Ich hoffe, du hast recht«, sagte Steen.

*

Ulfert kam wenig später zur Wohnung von Ute Varels. Er hatte alles dabei, was an technischer Ausrüstung nötig war, um Spuren gleich vor Ort auszuwerten und abgleichen zu können. Swantje van Eck hingegen konnte jetzt wieder zu ihrer Dienststelle auf dem Amt gehen, obwohl Steen das Gefühl hatte, dass sie lieber noch geblieben wäre. Allerdings wollte er vermeiden, dass sie mehr über ihn erfuhr als er über Ute Varels.

Es dauerte etwas, aber schließlich fand Ulfert, was er suchte.

Ein Fingerabdruck und etwas DNA-Material in Form von Haaren, die doch tatsächlich in einem Kamm und einer Bürste hängen geblieben waren.

»Man muss immer nur wissen, wo man suchen muss«, meinte Ulfert.

»Na, da hast du in deiner Zeit beim BKA in Berlin anscheinend die nötige Erfahrung gesammelt«, meinte Steen.

»Ja.«

Es war ein sehr kurz angebundenes Ja, das Steen irgendwie stutzig werden ließ. Er wurde immer stutzig, wenn jemand etwas anderes tat als üblich. Und normalerweise konnte Ulfert sehr ausschweifend über seine Berliner Zeit reden. Natürlich immer mit dem subtilen Hinweis verbunden, dass Ulfert Jansen seinem älteren Kollegen in der Anwendung moderner Ermittlungstechniken durchaus einiges voraushatte. Steen hatte das nie gestört. Im Gegenteil. Er schätzte Ulfert für seine Fähigkeiten. Und manchmal hatte Ulfert damit ja auch schon maßgeblich zur Lösung von Fällen beigetragen.

72

Aber so, wie sich Ulfert im Moment verhielt, war das ziemlich merkwürdig.

Untypisch.

Steen nahm sich vor, das weiter zu beobachten. Ulfert darauf jetzt anzusprechen, schien ihm nicht sinnvoll zu sein. Dazu hätte Steen auch erstmal wissen müssen, wohin seine Frage genau zielen sollte, und das war ihm einfach noch nicht klar. Ein allgemeines Unbehagen, eine unbestimmte Irritation war noch kein Ermittlungsansatz.

Der Abgleich des Fingerabdrucks gab dann schließlich aber in einer anderen Sache Gewissheit.

»Ute Varels gehört der Arm, der am Borkumkai gefunden wurde«, sagte Ulfert. »Das steht fest. Der DNA-Abgleich wird das wohl noch bestätigen, aber im Prinzip können wir jetzt schon davon ausgehen, dass wir die bislang unbekannte Person damit eindeutig identifiziert haben.«

»Dann haben wir ja endlich einen Ansatz für Ermittlungen«, freute sich Steen. Er dachte daran, dass er vielleicht Swantje van Eck noch einmal befragen musste, entschied sich aber dafür, das erstmal zu verschieben.

»Wenn die Tote eine Mitarbeiterin des Ordnungsamtes war, dann haben wir natürlich jede Menge möglicher Motive und Tatverdächtiger«, dozierte Ulfert.

»So?«

»Na ja, wofür ist denn das Ordnungsamt zuständig? Für den ruhenden Verkehr, für Ruhestörungen, Auflagen bei Veranstaltungen, Inobhutnahme von Kindern, wenn das Jugendamt Vernachlässigung feststellt und so weiter. Alles Dinge, wo man sich schnell Feinde macht.«

»Auch wieder wahr.«

»Geh mal in irgendeine x-beliebige Kneipe, Steen, und erwähne das Wort Ordnungsamt. Was glaubst, was für ein freudiger Chor dir da entgegenschlägt. Hier wurde nicht erlaubt, Tische und Stühle vor die Tür zu stellen, da hat jemand einen Spielautomaten zu niedrig angebracht, sodass auch Kinder ihn erreichen können ...«

»Du machst jetzt Witze!«

»Wer dafür sorgen muss, dass die Ordnung eingehalten wird, ist selten beliebt, Steen.«

Der seufzte. »Wissen wir ja aus eigener Erfahrung, oder?«

»Ja. Ich denke, dass die Bevölkerung insgesamt mehr Verständnis dafür hat, dass Bankräuber und Mörder aus dem Verkehr gezogen werden, als wenn sich jemand sehr intensiv um Falschparker kümmert oder um die Einhaltung irgendwelcher pingeligen Regelungen, die Gastronomen hin und wieder an den Rand des Wahnsinns bringen können.«

»Das mag wohl sein.«

»Wie gehen wir jetzt vor?«

»Ich möchte, dass jemand zu Herrn Dresen im Ordnungsamt geht und ihn dazu befragt, wer seiner Meinung nach vielleicht Grund dazu gehabt hatte, Frau Varels alles Schlechte zu wünschen.«

»Das soll ich dann wohl machen.«

»Sobald du fertig bist.«

»Okay, aber …«

»Ich werde mir in der Zwischenzeit Herrn Frauko Willarts vorknöpfen, die mutmaßliche Beziehung von Frau Varels.«

»Mutmaßliche Beziehung – das klingt schon sehr schräg, Steen.«

»Ja nun, es ist halt, wie es ist. Bis jetzt ist eben alles nur mutmaßlich. Das Hörensagen der Frau van Eck sehe ich jedenfalls nicht unbedingt als sichere Quelle der Wahrheit an.«

Kapitel 8

Kriminalhauptkommissar Ebbo Steen fuhr etwa eine Stunde später nach Ditzum. Er hatte den Hof von Frauko Willarts gerade erreicht, als ihm auffiel, dass er schon mal hier gewesen war. Allerdings war das lange her. Es musste irgendeine Klassenfete während der Schulzeit gewesen sein.

Steen fuhr gerade vor das Haupthaus des Hofes, als das Telefon klingelte. Er hatte eine Nachricht von Ulfert bekommen. Auch der DNA-Vergleich war eindeutig: Ute Varels war die Frau, deren Arm in die Schiffsschraube geraten war.

Und die Frau, die den gerichtsmedizinischen Erkenntnissen nach vielleicht eine Abwehrbewegung gegen einen Schlag mit was auch immer ausgeführt und dabei ein entsprechendes Hämatom davongetragen hatte.

Alles sehr vage.

Aber Steen hatte die Erfahrung gemacht, dass sich der Nebel im Allgemeinen lichtete, wenn man die nötige Geduld mitbrachte und bereit war, alle Einzelteile des Puzzles in mühevoller Kleinarbeit zusammenzutragen.

Auch wenn zu Anfang alles vollkommen unzusammenhängend und unlogisch erschien – es musste am Ende ein sinnvolles Ganzes ergeben. Na ja, bis auf ganz wenige Ausnahmen, musste Steen zugeben.

Er stieg aus.

Der Hof war von flachen Wiesen umgeben. Der Wind strich leicht darüber. Die Sonne wurde für einen Moment von ein paar vorüberziehenden dunkelgrauen Wolken verdeckt, sodass es für die Dauer von ein paar Augenblicken etwas schattiger wurde.

Steen hatte schon ein paar Schritte auf das Haupthaus zu hinter sich gebracht, da stutzte er plötzlich.

Stimmen waren aus einer Scheune zu hören.

Ein Mann und eine Frau.

Und beide schienen ziemlich aufgebracht zu sein.

»Damit kommst du nicht durch! Wir sprechen uns noch! Du hast auch vor gar nichts Respekt, scheint mir!«

Die Frau kam mit energischem Schritt aus der Scheune – und Steen erkannte sie sofort.

Mareike Willarts! Seine ehemalige Klassenkameradin, die ihm das Frühstück im Stadtgartencafé durch ihre Anwesenheit und ihr penetrantes Gerede verdorben hatte.

Jetzt lief sie zornig, mit stierem Blick und hochrotem Kopf auf einen VW zu, der in der Nähe der Scheune abgestellt worden war.

Sie hatte den VW gerade erreicht und förmlich die Tür aufgerissen, als sie plötzlich stutzte. Jetzt erst hatte sie Steen bemerkt. Sie starrte ihn an, ihr Mund klappte auf und sie vergaß für ein paar Augenblicke, ihn wieder zu schließen.

Allein sie einmal so zu sehen, hat die Fahrt nach Ditzum schon gelohnt, dachte Steen. Mehr als das!

Mareike Willarts schnappte förmlich nach Luft.

Das dunkle Rot ihres Gesichts kontrastierte ziemlich stark mit ihrem hellen Haar. Steen erinnerte sie in diesem Augenblick an einen Fisch auf dem Trockenen.

Dann deutete sie in Richtung der Scheune, aus der Frauko soeben gemächlich in Gummistiefeln herausgewatschelt kam. Er hatte eine Mistgabel in der Hand, die er jetzt auf den Boden stellte – allerdings mit den Metallforken nach oben, sodass sie an einen Dreizack erinnerte.

Mareike deutete mit der ausgestreckten Hand auf ihren Bruder.

»Du kannst ihn meinetwegen verhaften, Ebbo!«

»Du spinnst doch!«, rief Frauko mit einer so dröhnenden Stimme, dass er damit wahrscheinlich die Belegschaft einer ganzen Bullenweide hätte vertreiben können.

»Verhafte ihn, Kommissar! Weswegen auch immer! Er hat es verdient! Lebenslänglich! Oder besser: Todesstrafe!«

Dann setzte sie sich ans Steuer ihres VW, ließ den Motor so hektisch an, dass sie den Wagen beim ersten Versuch abwürgte, setzte dann ziemlich ruckartig zurück, drehte im Stil eines Rallyefahrers und brauste dann davon. Die Hinterräder des VW warfen Erde auf, als sie in eine scharfe Kurve fuhr.

Steen sah ihr einen Augenblick lang nach.

»Die war ja ziemlich geladen«, meinte der Kommissar dann so laut, dass Frauko Willarts ihn verstehen musste.

»Wer bist du denn?«, fragte Frauko. »Ich kauf nix!«

»Ich will auch nichts verkaufen«, sagte Steen.

»Und mit den Zeugen Jehovas habe ich auch nichts am Hut!«

»Kriminalhauptkommissar Steen, Kripo Emden«, sagte Steen, während er noch seinen Ausweis aus der Tasche holte. Er ging auf Frauko zu und hielt ihn ihm entgegen. »Und abgesehen davon kennen wir uns.«

»Ach ja?«

»Wenn auch nur flüchtig.«

»Kann mich nicht erinnern.«

»Ist auch schon fast vierzig Jahre her. Und wir haben uns beide etwas verändert.«

Frauko zuckte mit den Achseln. »Tut mir leid, aber ich wüsste nicht …« Er runzelte die Stirn und sah Steen etwas genauer an. »Bei Ebbo ist oben Ebbe!«, grinste er dann und tickte sich an die Stirn. »Ja, daran erinnere ich mich. Das hat dieser Lehrer immer gesagt! Du warst in der Klasse von meiner dusseligen Schwester! Und die hat hier mal ihr Fest im Heu gefeiert mit Bratwürstchen und so was!« Er lachte dröhnend. »Bei Ebbo ist oben Ebbe! Das ist gut! Scheint ja auch in der Zwischenzeit nicht viel dazugekommen zu sein!«

»Ich muss mit dir sprechen, Frauko!«

»Was willst du denn, Ebbo?«

»Für dich bin ich Kommissar Steen«, sagte Ebbo.

»Ich nenn dich Ebbo. Das passt zu dir. Blöd und eingebildet, wie man sich so einen Beamten eben vorstellt!«

»Das dürfte inzwischen eine Beamtenbeleidigung sein!«

»Bist du überhaupt ein echter Polizist? Ich kenn mich nämlich aus! Beamtenbeleidigung gibt's nicht, nur eine ganz normale Beleidigung. Und die ist grundsätzlich nur strafbar, wenn sie vor Dritten geschieht. Siehst du irgendjemanden? Nee! Keinen!«

»Du scheinst ja gut informiert zu sein!«, sagte Steen.

»Hatte Ärger mit einem Nachbarn. Er hat geschimpft, ich hab zurückgeschimpft. Er hat mich angezeigt.«

»Ah ja.«

»Stellt der sich so an, nur weil ich ihm mit dem Trecker nicht die Vorfahrt gelassen habe! Der Weg gehört mir! Das ist mein Grund, da bestimme ich die Regeln … Ebbo!«

»Wenn du noch mal Ebbo sagst, verhafte ich dich wegen tätlichen Angriffs auf einen Polizisten mit einer Waffe und wir führen das Gespräch, dessentwegen ich hier bin, auf unserer Dienststelle.«

»Was?«

»Bis der Haftrichter über die Untersuchungshaft entscheidet, haben wir dann auch genug Zeit.«

»Bewaffneter Angriff? Willst du mir was anhängen, oder was?«

Steen deutete auf die Mistgabel.

»Ich versteh das so.« Steen nahm sein Handy und machte ein Foto. »Zur Beweissicherung.«

»Also, jetzt schlägt's aber dreizehn!«

»Ja, das finde ich auch.«

»Schon gut, Kommissar! Ich sag auch nie wieder Ebbo zu dir. Wusste ja nicht, dass du die Zeiten damals weniger lustig in Erinnerung hast.« Er ließ die Mistgabel fallen. »Zufrieden?«

Steen atmete tief durch. »Ich denke, ich kann auf die Handschellen verzichten, oder?«

»Du kannst eine Tasse Tee mit Kluntjes kriegen. Oder meinetwegen auch ohne. Du scheinst ja ein bisschen eigen. Eine Tasse Tee brauche ich nämlich jetzt, und dann können wir dabei ein bisschen klönen.«

»Gut.«

»Aber sabbel mich nicht voll! Und ich will hoffen, dass es auch einen wichtigen Grund dafür gibt, dass du hier auftauchst – wenn du schon nicht meine bekloppte Schwester abholen kommst!«

»Mareike.«

»Jo. Die hat übrigens nix dagegen, wenn man sie bei ihrem Vornamen anredet. Aber dafür hat sie ein paar andere Fehler.«

»Worum ging's bei dem Streit gerade? Das hörte sich ja ziemlich heftig an!«

Frauko atmete tief durch.

»Beim Tee, Eb… ich meine Kommissar!«, erklärte er. »Muss ich die Mistgabel da vorne jetzt im Dreck liegen lassen?«

»Die nehme ich mit«, sagte Steen.

»Als Beweismittel?«

»Nein, sicherheitshalber.«

*

Steen folgte Frauko Willarts ins Haupthaus. Frauko zog die Gummistiefel aus und schlüpfte in ein paar Schlappen. Dann schlurfte er über den praktischen, gut abwaschbaren PVC-Boden und führte Steen in die Küche. »Tee ist gleich fertig«, sagte Frauko. »Bin aber kein D-Zug.«

»Schon in Ordnung«, erwiderte Steen.

»Ja, die Mareike, die habe ich bis hier!«, und dabei deutete er mit der Handkante an sein Kinn. »Verstehst du, was ich meine?«

»Nicht so ganz.«

»Na, ich gebe ja zu, dass es anders in einer Familie zugehen sollte.«

»Mhm.«

»Zumal dann, wenn es nicht mehr viele Überlebende gibt. Ich meine, Mareike und ich sind die letzten Willarts aus Ditzum. Unsere Eltern sind ja schon tot. Und Mareike hat ja keine Kinder.«

»Und du?«

»Dazu bräuchte ich ja erstmal eine Frau.«

»Das ist landläufig und klassischerweise so üblich«, sagte Steen.

»Für einen Landwirt aber nicht so ganz einfach.«

»Schon möglich.«

»Vor kurzem war übrigens einer deiner Kollegen hier. Auch ein Polizist aus Emden. Ihno Purwin. Kennst du den?«

»Sitzt auf meiner Dienststelle.«

»Der sagt, er wird bald pensioniert.«

»Das trifft zu.«

»Dann will er bei mir auf dem Ausflugsschiff anfangen und den Leuten was über den Dollart erzählen. Na ja, mal gucken, ob das was wird. »

»Wieso sollte das nichts werden?«

»Weil es nicht so leicht ist, gute Leute zu finden – wofür auch immer – viel zahlen kann ich nicht und ich befürchte, dein Kollege springt auch noch ab. Obwohl …«

»Obwohl was?«

»Na, mit so einer dicken Beamtenpension hat man es ja eigentlich nicht nötig, was dazuzuverdienen. Ich dagegen … Die Landwirtschaft ist auch nicht mehr das, was sie mal war.«

»Wem sagst du das! Es klagen viele.«

»Ich habe ja den Hof geerbt, aber glaub mir, manchmal denke ich, es wäre besser gewesen, das wäre nicht geschehen. Dann hätte ich jetzt einfach irgendwo einen Job, wo man zwei Hände und bisschen Grips braucht und was reparieren muss und bräuchte mir keine Sorgen darüber zu machen, wie es weitergeht.« Er stellte den Tee auf den Tisch. Dann ging er zum Schrank und holte Tassen und Untertassen. Hauchzart waren diese Tassen. So zart, dass man fast durch das Porzellan hindurchsehen konnte. Die Tassen waren mit blauen Windmühlen und rankenden Mustern verziert. Die hat er auch nicht selbst angeschafft, dachte Steen. Die hat er geerbt – wie den Hof und alles andere.

»So ein Erbe, sag ich dir, macht nur Streit«, fuhr Frauko fort.

»Hört man immer wieder«, sagte Steen.

»War bei uns auch so. Also, wie gesagt, ich habe den Hof geerbt.«

»Weil du der Sohn bist. Und der Älteste.«

»Nein. Weil sich meine Schwester einer Sekte angeschlossen hat. Sie hat ein paar Jahre in Indien verbracht und ihrem Guru mehr oder weniger alles gegeben, was sie besaß. Meine Eltern lebten da noch. Und natürlich sollte sie auch ihren Anteil bekommen – aber nicht die Sekte.«

»Habe ich ein gewisses Verständnis für«, gestand Steen. »Ich glaube, das hätte ich ähnlich gesehen.«

»Zur Erbmasse gehören auch ein paar Grundstücke. Die hat mein Vater erworben, um für denjenigen von uns, der den Hof nicht bekommt, einen Ausgleich zu haben.«

»Mit anderen Worten, diese Grundstücke sollte deine Schwester bekommen.«

»Richtig. Unter der Bedingung, dass sie sich von der Sekte losgesagt hat. So lange sollte ich die Grundstücke verwalten.« Er goss den Tee ein. Und nachdem er sich Kluntjes und Milch genommen hatte, führte er die Tasse zum Mund. Eine langsame, fast meditative Bewegung war das. Natürlich konnte er in dieser Zeit nicht reden. Das hätte die Zeremonie irgendwie entweiht.

Steen fühlte sich an seine Großeltern erinnert.

Die hatten den Tee auf ähnliche Weise zu sich genommen.

Steen erinnerte ich sehr gut an die fast vollkommene Stille, die dann immer für einige Momente geherrscht hatte. Nur das Pendel der Uhr war dann zu hören gewesen. Oder im Herbst und im Frühjahr der Wind, der ums Haus pfiff.

»Also, die Mareike kommt nach Jahren hier an, taucht quasi aus der Versenkung auf und fordert von mir ultimativ, die Grundstücke herauszugeben.«

»Verstehe.«

»Ich habe gar nichts dagegen, dass sie kriegt, was ihr zusteht! Aber ich kann ihr die Grundstücke nicht einfach überschreiben! Denn dazu müsste ich erstmal überprüfen, ob sie noch unter der Fuchtel dieser Sekte steht!«

»Das müsste sich doch feststellen lassen!«

»Pah! Sie meint, sie bräuchte da gar nichts beweisen! Aber genau so steht es im letzten Willen unserer Eltern! Sie muss das beweisen, denn Pa und Ma würden sich im Grab umdrehen, wenn irgendein Swami oder Guru davon profitieren würde!«

»Na ja, aber die schlechte Laune von Mareike erklärt sich so natürlich.«

»Ja, Kommissar, jetzt sag mal: Was sollte ich denn tun? Den Willen meiner Eltern missachten?«

»Nein, natürlich nicht.«

»Die hat nix aus ihrem Leben gemacht, die Mareike. Gar nix! Hier mal angefangen zu studieren, da mal eine neue Droge ausprobiert und ihre innere Stimme gesucht und so etwas. Wahrscheinlich braucht ihr Guru dringend Geld und sie denkt, dass sie so der Erleuchtung näher kommt. Keine Ahnung. Bevor ich nicht klipp und klar weiß, dass sie mit diesem esoterischen Schiet nichts mehr am Hut hat, kriegt sie nicht einen Cent!«

Steen hatte inzwischen auch vom Tee getrunken.

Nicht ganz so langsam und voller zeremonieller Hingabe, wie dies bei Frauko der Fall gewesen war, aber doch mit angemessener ostfriesischer Ruhe.

Jetzt muss ich noch irgendwie den Dreh finden, um ihm die schlimme Nachricht zu überbringen, ging es Steen durch den Kopf.

Zunächst mal hörte er noch einige Augenblicke zu, wie Frauko über seine Schwester schimpfte, zu der der Kontakt offenbar über Jahre vollkommen abgebrochen war und die nun wie aus heiterem Himmel zurückgekehrt war, um ihre Forderungen an ihn durchzusetzen.

Dass Frauko das aufbrachte, konnte Steen nachvollziehen.

Aber Steen überlegte natürlich sofort, inwieweit es vielleicht einen Zusammenhang mit dem Fall Ute Varels gab.

Aber das würde sich früher oder später herausstellen. Da war Steen ganz zuversichtlich. Schließlich war es meistens so, dass man zu Anfang ein paar nicht zusammenhängende lose Enden hatte und sich die Querverbindungen erst nach und nach zeigten, wenn man zusätzliche Informationen hatte. Die berühmten fehlenden Teile im Puzzle, die alles noch mal vollkommen anders erscheinen lassen konnten.

Nun machte Frauko eine Pause und sagte dann: »Ich kann's noch immer nicht richtig glauben.«

»Was kannst du nicht glauben?«, fragte Steen.

»Na, dass so ein Furzknoten wie du mal Kommissar wird!«

»Tja, wir verändern uns alle mit der Zeit.«

»Nun sag mal, warum bist du eigentlich hier, *Kommissar*?«, fragte Frauko dann. »Du bist doch nicht einfach zum Spaß und für eine Tasse Tee hierhergekommen!«

»Nee, bin ich nicht«, gab Steen zu. »Bin dienstlich hier.«

»Hm.«

»Es geht um Ute Varels.«

Fraukos Augen wurden schmal. »Ja, und weiter?«

»Du hast sicher davon gehört, dass man jemanden am Borkumkai gefunden hat.«

»Einen Arm hat man gefunden. Mehr nicht!«

»Und dieser Arm gehört Frau Varels, das steht inzwischen fest.«

»Wie bitte?«

»Wir halten es für wahrscheinlich, dass Ute Varels ermordet wurde.«

Frauko saß regungslos da. Er sah Steen einfach nur an. Normalerweise versuchte Steen immer auf die Feinheiten in den Reaktionen anderer Menschen zu achten. Aber was das betraf, so gab es bei Frauko Willarts im Augenblick keinerlei Feinheiten zu bemerken. Oder diese Feinheiten waren dermaßen fein, dass nicht einmal ein so aufmerksamer Beobachter wie Kommissar Steen sie zu erfassen vermochte.

»Ja, und warum kommst du damit nun zu mir?«, fragt Frauko schließlich. »Ich meine, was hab ich denn jetzt damit zu tun?«

Steen war erstaunt.

Konnte das wahr sein?

Ließ Frauko der Tod von Ute Varels tatsächlich so kalt?

»Soweit ich gehört habe, hast du Frau Varels … nahegestanden«, sagte Steen.

»Jo«, sagte Frauko nur – noch immer mit regungslosem Gesicht. Er nahm noch einen Schluck Tee. Vielleicht war das auch das Beste – jetzt, auf den Schreck.

»Ihr hattet eine Beziehung.«

»Wer sagt das?«

»Eine Freundin und Arbeitskollegin von Frau Varels, die sie anscheinend ganz gut kannte.«

»Na ja, kann man so sagen. Beziehung. Ob da was Langfristiges draus geworden wäre, hätte man erstmal abwarten müssen.«

»Wieso?«

»Bin grundsätzlich skeptisch.«

»In Bezug auf Frauen?«

»Grundsätzlich.«

»Verstehe.«

»Gut.«

Einige Augenblicke herrschte nun Schweigen. So redselig Frauko gerade noch gewesen war, so schweigsam und kurz angebunden wurde er nun.

»Es hatte ja ganz gut angefangen, mit der Ute und mir«, sagte er.

»Wann hast du sie zuletzt gesehen?«, wollte Steen wissen.

»Vorgestern.«

»Und danach nicht mehr?«

»Ich hatte ihr vorgeschlagen, noch die Nacht hier zu verbringen.«

»Aha.«

»Ja, so wie die Nächte zuvor auch. Sie hatte ja Urlaub.« Er zuckte mit den Schultern. »Ferien auf dem Bauernhof sozusagen.«

»Aber sie wollte nicht über Nacht bleiben?«

»Na ja, die Ute, sie ist – war – immer überkorrekt. Es war ihr letzter Urlaubstag. Sie meinte, dass sie früh ins Bett müsste, um am nächsten Tag fit zu sein fürs Amt. An sich ist das ein Witz für sich! Den berühmt-berüchtigten Beamtenschlaf kennt man ja. Aber so war sie nun mal. Immer alles ganz haargenau nehmen. Aber so habe ich sie ja auch kennengelernt.«

»Erzähl mal, Frauko.«

»Wie ich sie kennengelernt habe?«

»Ja.«

Frauko nahm noch einen Schluck Tee. »Ist ein bisschen persönlich, findest du nicht auch?«

»Frauko, das ist hier eine Morduntersuchung. Ich will herausfinden, wie Ute Varels gestorben ist, das ist mein Job. Und dazu muss ich so viel wie möglich über sie wissen. Das leuchtet dir doch ein!«

»Jo, wenn du das so sagst.«

»Du willst doch auch, dass ihr Tod aufgeklärt wird.«

»Ja, sicher. Was denkst du denn!«

»Eben.«

Frauko machte eine Pause und trank noch einen Schluck Tee. Die Kluntjes knisterten. Frauko Willarts mochte es offenbar gerne sehr süß. »Ich hab das nicht so mit Gefühle zeigen und so«, sagte er dann. »Aber mir geht das schon sehr nahe, muss ich sagen … Das mit der Ute! Ich meine, zum Kinderkriegen war bei ihr ja die Zeit schon mehr oder weniger abgelaufen. Mit vierzig ist bei den meisten ja der Ofen aus, wie man so schön sagt. Aber eine Frau ist ja auch so an und für sich ganz nett im Haus, oder?«

»Da musst du mich nicht fragen«, sagte Steen.

»Wieso nicht?«

»Bin Single.«

»Ah, ja«

»Du wolltest mir erzählen, wie ihr euch kennengelernt habt«, bohrte Steen nach. Denn das war mit Sicherheit ein interessanter Punkt. Wie hatten eine notorisch kontaktscheue

Frau und ein offenbar gefühlsunbetonter Anti-Romantiker zusammengefunden? Da mussten noch irgendwelche anderen Mächte eine Rolle spielen.

»Ja, ich bin ja in dem Boßel-Club *BC Moin Ditzum 01*. Das 01 steht dafür, dass wir uns 2001 gegründet haben, weil damals gab es ja einen anderen Boßel-Club hier in der Gegend, aber es kam zum Krach und so gibt's seitdem eben zwei Vereine.«

»Wie das Leben so spielt«, sagte Steen.

»Na ja, wir hatten für unsere Jahresfeier das Restaurant-Schiff von Hermine Dierks gemietet. ›Sing man Tau Tsingtau‹ heißt der Dampfer.«

»Der liegt im Emder Ratsdelft vor Anker«, stellte Steen fest. »Noch nicht lange. Erst ein paar Monate. Ich habe das nicht so genau verfolgt.«

»Da gibt's die größten Schollen weit und breit! Hermine macht die nach Finkenwerder Art, mit Speckwürfeln und so. Nirgends kriegt man die besser, sag ich dir!«

›Sing man Tau Tsingtau‹.

Der Name dieses Restaurantschiffs war Steen natürlich aufgefallen. *Tsingtau* war der traditionelle, noch aus der Kaiserzeit stammende Name eines Emder Stadtteils, der nach einer früheren deutschen Kolonie in China benannt war. Und *Sing man Tau* brauchte man wohl auch sprachfremden nicht-plattdeutsch-sprechenden Menschen nicht übersetzen. Da sollte es sich wohl einfach nur reimen und lustig klingen.

Darüber hinaus gab es noch ein China-Restaurant in Emden, das *Tsingtau* hieß. Aber das hatte weder von der kulinarischen Ausrichtung her noch sonst irgendwie etwas mit Hermines Restaurantschiff zu tun.

Der Name *Tsingtau* war natürlich nicht geschützt.

Aber ob es wirklich geschickt war, ein Schiffslokal, das auf Scholle Finkenwerder Art spezialisiert war, diesen Namensbestandteil als Hypothek mitzugeben, bezweifelte Steen. Es hätte ihn jedenfalls nicht gewundert, wenn der eine oder andere unter den Gästen Hermine Dierks nach einer Frühlingsrolle gefragt hätte.

Auf die Antwort der Wirtin wäre Steen schon etwas gespannt gewesen.

»Und was hatte Ute Varels auf diesem Schiff zu suchen?«, fragte Steen.

»Nun, der Abend begann mit einem guten Essen und dann ging's feucht-fröhlich zur Sache.«

»Klingt gar nicht nach Ute Varels«, stellte Steen fest.

»Nee, die kam erst später dazu. Erst waren wir ja mit unserem Club unter uns. Aber dann tauchte die gute Ute da auf und machte dem ganzen Treiben ein Ende.«

»Wie das denn?«

»Na ja, das Ordnungsamt ist ja wohl auch für die Regulierung der Gastronomie zuständig. Wo man welche Stühle hinstellen darf, wie viel Krach erlaubt ist und wann … all diesen Kram eben!«

»Ich nehme an, das war außerhalb von Frau Varels Bürozeiten«, sagte Steen.

»Ja, das hat die Hermine Dierks ja auch so auf die Palme gebracht! Ute hat alles Mögliche bemängelt. Dass der Zugang zu den Toiletten den feuerpolizeilichen Vorschriften nicht genüge, dass für die Stühle und Tische an Deck im Freien keine Genehmigung vorliege, dass das Fallreep nicht genügend sicher sei und Pipapo! Nun hatte die Hermine die Stühle nur deswegen auf Deck gestellt, weil wir eben ein paar Nasen mehr waren, als in den Schankraum passten. Nein, aber die gute Ute ließ nicht mit sich reden. Das müsste sofort aufhören, befand sie und drohte mit Bußgeld und was weiß ich alles.«

»Und dann?«

»Tja, die Feier war dann zu Ende. Aber die Geschichte ging noch weiter.«

»Erzähl mal!«

»Jedenfalls standen die Ute und die Hermine sich schließlich wie zwei Kampfstiere gegenüber. Die Hermine hat so ein richtig kräftiges Kampfgewicht und ist für eine Frau auch noch relativ groß. Und die Ute ist – war! – war dagegen ja etwas zierlicher. Jetzt stand Hermine da mit dem Fischmesser in der

Hand und hat die Ute dann so angepupt, das kannst du dir nicht vorstellen!«

»Ich gewinne langsam einen Eindruck.«

»Ja und dann drohte die Situation zu eskalieren. Die Ute ist zwar nicht laut, aber stur. Und das machte Hermine Dierks immer wilder. Sie fuchtelte so mit dem Fischmesser herum, dass ich mich genötigt sah, einzugreifen und dazwischenzugehen.«

»Mutig – und riskant«, sagte Steen.

»Nee, die Hermine hätte mir schon nichts getan. Der Ute aber vielleicht schon.«

»Verstehe.«

»Na ja, die Party war ja dann zu Ende, wie ich schon berichtet habe. Und ich bin dann mit der Ute quasi … ins Gespräch gekommen.«

»Als mutiger Lebensretter!«

»Ja, ganz klassisch eben. Hollywood. Danach haben wir uns dann öfter getroffen. So war das.« Er seufzte. »Schon schiet!«, fügte er an.

»Was ist schiet?«, hakte Steen nach.

»Dass sie tot ist.«

»Du hast mein Mitgefühl, Frauko.«

»Ja, aber da kann ich mir auch nichts für kaufen«, meinte Frauko.

Eine Weile herrschte dann Schweigen.

Die beiden Männer saßen einfach in der Küche. Steen trank seinen Tee leer. Er war schon kalt geworden.

»Ja, ich geh dann mal wieder«, sagte Steen.

»Jo«, meinte Frauko.

»Kann aber gut sein, dass ich noch mal zurückkomme. Da wird es sicher noch ein paar Fragen geben.«

»Sicher.«

Steen erhob sich. »Den Weg zur Tür finde ich schon«, sagte er und blieb dann nach zwei Schritten plötzlich stehen. »Ach, eine Frage hätte ich noch.«

»Ja?«

»Kannst du dir vorstellen, was Ute Varels mitten auf der Nordsee zu suchen hatte? Nachts!«

»Wie?«

Steen nahm sein Handy, rief einen Kartenausschnitt auf und zoomte ihn etwas heran. »Ich habe mit dem Kapitän der Fähre gesprochen, der nautisch recht erfahren ist. Und der meint, Ute Varels müsste etwa hier ins Wasser gelangt sein, um dann irgendwann in die Schiffsschraube der Fähre zu geraten. Und zwar auf jeden Fall in der Nacht, bevor wir sie gefunden haben.«

Steen fiel auf, dass Frauko Willarts nur einen sehr kurzen Blick auf das Handydisplay warf. Dann zuckte er mit den Schultern. Die Mühe, aufzustehen, machte er sich nicht extra. Wozu auch?

Jetzt bildeten sich ein paar tiefe Furchen auf seiner Stirn, so als müsste er über das, was er soeben erfahren hatte, erst einmal intensiv nachdenken. Dann zuckte er abermals die Schultern.

»Tut mir leid, ich habe nicht die geringste Ahnung. Eine Wasserratte war sie nämlich keineswegs, die Ute.«

»Also, ein Boot oder so hatte sie nicht?«

»Nee. Konnte ja nicht mal schwimmen. Was ja nichts heißen muss.«

»Wie meinst du das?«

»Man kann ja auch mit Booten fahren, ohne dass man schwimmen kann. Wenn man auf die Nordsee hinausfährt, sollte man sowieso eine Schwimmweste tragen. Würde ich immer empfehlen. Das ist ja schließlich kein flaches Binnengewässer, wie das *Große Meer*. Da könnte selbst so eine Maus wie die Ute einfach durchwaten, so flach ist das. Fast wie Jesus. Obwohl der ja *auf* dem Wasser gelaufen sein soll, was ja nun überhaupt nicht geht.«

»Kennst du irgendwen, mit dem sie Boot gefahren sein könnte?«

»Nur mich selbst.«

»Du hast ja dieses Ausflugsschiff.«

»Ich habe noch ein anderes Boot. Ein kleineres, mit Segel. Wir sind ein paarmal rausgefahren, nachdem ich sie schließlich dazu überreden konnte. Aber nie ohne Schwimmweste und es war zunächst mal auch ein hartes Stück Arbeit, sie davon zu überzeugen, dass so was etwas Schönes sein könnte.«

»Wo liegt dieses Boot?«

»Na, im Ditzumer Hafen.«

»Wenn es dir nichts ausmacht, würde ich mir das gerne mal ansehen.«

*

Frauko Willarts ließ sich von Steen zum Ditzumer Hafen fahren. Er nahm auf dem Beifahrersitz des Dienstwagens Platz und schwieg die ganze Fahrt über. Bis zum Hafen von Ditzum waren es gerade mal ein paar Kilometer, aber die Straße dorthin war schmal und holprig. Der größte Teil davon war eigentlich mehr ein Feldweg und so konnte man nur langsam fahren. Ein Tempolimit gab es hier zwar nicht, aber wer keinen Achsenbruch riskieren wollte, wenn er durch eines der vielen Schlaglöcher fuhr, der hielt Tempo dreißig auf jeden Fall ein.

Manche Dinge dauerten eben ihre Zeit.

Zumindest in diesem Punkt schienen Steen und sein Beifahrer sich auf einer ganz fundamentalen Ebene einig zu sein.

Am Hafen stellte Steen den Wagen ab und sie stiegen beide aus.

»Ist hier gleich in der Nähe«, sagte Frauko. »Du bringst mich auch wieder zurück, wenn wir hier fertig sind, oder?«

»Natürlich. Da kannst du sicher sein.«

»Gut.«

Erneut wunderte sich Steen darüber, wie verhältnismäßig kühl Frauko Willarts den Tod von Ute Varels hinnahm. Natürlich gab es auch einen sehr stoischen, sehr ruhigen Menschenschlag, der mit seinen Emotionen nicht gerade mitteilsam war. Aber für Steen stand das Verhalten von Frauko auch in einem starken Widerspruch zu dem, was der Bauer

90

unfreiwillig zu Beginn ihrer Begegnung offenbart hatte. Steen dachte an den Streit mit Mareike und den dröhnenden Klang von Fraukos Stimme.

Egal, worum es da letztlich wirklich zwischen Bruder und Schwester gegangen war und wie sich die Situation zuvor im Einzelnen so weit hatte aufschaukeln können: Da hatte Frauko Willarts genau das gezeigt, was Steen nun vermisste: Gefühle.

»Jo, hier liegen sie: die ›Dollart Titanic‹ und die ›Kleine Dollart Titanic‹«, sagte Frauko und deutete auf das Ausflugsschiff und den Jollenkreuzer, die nebeneinander festgemacht waren.

»Klingt ein bisschen …«

»Größenwahnsinnig?«

»Das hast du gesagt, Frauko.«

»Mit halben Sachen gebe ich mich nicht ab«, sagte Frauko. »Und um auf Ute zurückzukommen: Sie ist mit beiden Booten schon mitgefahren. Und zumindest dann, wenn wir mit dem Jollenkreuzer unterwegs waren, habe ich immer darauf bestanden, dass sie eine Schwimmweste trägt.«

»Darf ich mal an Bord gehen?«

»Klar!«

Frauko bewegte sich schon auf die ›Dollart Titanic‹ zu, aber Steen hatte etwas anderes im Sinn. Er deutete auf die ›Kleine Dollart Titanic‹. »Ich meinte eigentlich das Boot hier.«

»Ach so.«

Sie gingen an Bord. »Du willst die Kajüte sehen?«

»Ja«, sagte Steen.

»Also, wenn du nach Spuren von Ute suchst, die sind hier natürlich vorhanden. Und zwar jede Menge.«

»Ich will mir einfach nur ein Bild machen.«

Frauko öffnete die Kajüte und Steen stieg hinein.

Er sah sich um. Dann deutete er auf eine Regenjacke mit Blumenmuster. »Das ist aber jetzt nicht deine Jacke, oder?«

»Nee«, sagte Frauko. »Frauenkram halt. Aber in unserer Gegend regnet es ja öfter mal, da ist es besser, man hat so was dabei. Und die Frauen sind ja etwas empfindlich.«

»Die Ute auch?«

»Die ganz besonders. Da hinten unter der Bank in dem kleinen Fach liegt auch noch ein warmer Pullover von ihr. Für alle Fälle eben, auch wenn's Sommer ist.«

»Mal was anderes: Wenn jemand nachts mit der großen ›Dollart Titanic‹ rausfahren würde, bliebe das kaum unbemerkt, oder?«

»Wat soll das denn nun wieder! Natürlich würde man das bemerken. Schließlich ist das Schiff beleuchtet wie ein Christbaum und der Motor macht Krach. Da sind immer Leute am Ufer … worauf willst du eigentlich hinaus, Kommissar?«

Steen ließ sich nicht beirren. Er führte seinen Gedanken zu Ende.

»Bei diesem Jollenkreuzer hier ist das anders. Man könnte schon bei Dunkelheit rausfahren, ohne dass das jemand bemerkt, oder etwa nicht?«

»Ich würde es niemandem empfehlen. Nee, man muss schon komplett bescheuert sein, wenn man so was macht.«

»Es sei denn, man hat einen guten Grund.«

»Und was sollte das für ein Grund sein?«

»Der Kapitän, mit dem ich gesprochen habe, der meinte, dass es eine perfekte Methode wäre, um eine Leiche verschwinden zu lassen.«

»Mit anderen Worten, du denkst, dass ich die Ute umgebracht habe und sie dann in der Nordsee verschwinden ließ? »

»Nein, ich habe eigentlich nur wiederholt, was der Kapitän gesagt hat. Und jetzt mache ich mir eben so meine Gedanken, Frauko!«

Fraukos Augen wurden schmal.

»Ich glaube, du gehst jetzt lieber. Sonst …«

»Sonst was?«

»Sonst sage ich vielleicht am Ende noch deinen wahren Vornamen, *Kommissar*!«

Steen hielt dem Blick seines Gegenübers stand.

»Wir sehen uns sicher bald wieder«, kündigte er dann an. »Ich nehme an, du willst, dass ich dich noch zurück zum Hof bringe, oder?«

»Ich würde mir eher ein Taxi nehmen, als noch mal in den Wagen zu steigen!«, knurrte Frauko.

*

Frauko Willarts blickte stur auf das Wasser hinaus, nachdem Kommissar Steen gefahren war. Das Motorengeräusch von Steens Dienstfahrzeug mischte sich mit dem Gekreische der Möwen, die über dem Hafen kreisten.

Gut, dass er weg ist, dachte Frauko Willarts. Wer hätte das gedacht, dass aus dem kleinen Ebbo, bei dem oben immer Ebbe ist, so ein fieser Terrier wird, der einem in die Waden beißt und einfach nicht loslässt, dachte Frauko und seine Hände ballten sich dabei unwillkürlich zu Fäusten. Und zwar so stark, dass die Knöchel weiß wurden. Sein Gesicht wurde noch maskenhafter und starrer als ohnehin schon.

Der wird nicht lockerlassen, überlegte Frauko.

Der wird immer weitergraben und dann irgendwann auch was finden! Und je mehr ich versuche, ihn davon abzubringen, desto neugieriger wird er vermutlich!

Aber es gab eben Dinge, die besser unter der Oberfläche blieben.

Dinge, die nie das Tageslicht erreichen sollten.

Dinge, die besser in der Tiefe verborgen blieben wie ein dunkles Grab.

»Moin, Frauko!«

Es war eine Frauenstimme, die da wie aus weiter Ferne in sein Bewusstsein drang und ihn aus seinen finsteren Gedanken herausriss.

Frauko Willarts drehte sich herum.

Am Anleger stand eine Frau Ende dreißig, Anfang vierzig. Sie hatte leicht rötliches Haar, war praktisch angezogen. Sie trug Jeans und ein T-Shirt mit Blumenmuster.

»Moin!«, rief knurrte Frauko zurück. »Wat machst du denn hier?«

»Ich ging gerade so bei den Booten entlang und da sehe ich dich, Frauko.«

»Hm.«

»Ist irgendwas passiert?«

»Wieso?«

»Ich frag ja nur.«

Die rothaarige Frau hieß Bernhardine Alberts. Frauko kannte sie gut. Sie war seine Nachbarin. Wie er auch hatte sie einen Bauernhof nach dem Tod ihrer Eltern geerbt und versuchte ihn nun so gut es ging weiterzubewirtschaften.

Abgesehen davon waren Frauko und Bernhardine im selben Boßelverein.

»Schon eine Weile her, dass wir uns zuletzt gesehen haben«, sagte Bernhardine.

»Ja«, sagte Frauko. »Tied ist knapp.«

»Wem sagst du das!«

Bernhardine wartete nicht darauf, dass Frauko sie an Bord bat. Sie kletterte einfach über die Reling des Jollenkreuzers, der daraufhin etwas schwankte.

»Ich habe gehört, du willst ein zweites Ausflugsschiff kaufen!«

»Habe ich schon. Ist noch in der Werft.«

»Geht das Geschäft so gut?«

»Ich kann nicht klagen. Hör mal, du hast gerade gefragt, ob was passiert ist.«

»Ja.«

»Es ist was passiert.«

»So?«

»Es war ein Kommissar hier. Aus Emden. Der hat mir erzählt, dass Ute Varels tot ist.«

»Die Frau, die in letzter Zeit öfter mal bei dir auf dem Hof war?«

»Ja.«

»Was ist mit ihr geschehen?«

»Du wirst es vermutlich morgen in der Zeitung lesen, wie ich mal annehme. Ute Varels ist die Tote am Borkumkai, von der man nur einen Arm gefunden hat. Da hast du doch sicher auch von gehört, oder?«

»Ich leb auf dem Land aber nicht auf einer einsamen Insel, Frauko!«

Einige Augenblicke lang sagten beide dann gar nichts.

Schließlich meinte Frauko: »So ist das eben. Ich wollte nur, dass du Bescheid weißt.«

Kapitel 9

Zur selben Zeit, als Steen zu Frauko Willarts' Hof unterwegs war, hatte Kriminalhauptkommissar Ulfert Jansen einen Termin im Ordnungsamt der Stadt Emden. Er saß Herrn Dresen gegenüber, dem direkten Vorgesetzten von Ute Varels.

»Ja, ich hatte ja zuerst Kontakt mit Ihrem Chef, dem Herrn Steen«, sagte Dresen und für Ulfert war daraus unschwer zu erkennen, dass Herr Dresen etwas pikiert darüber war, es nun mit einem Untergebenen zu tun zu haben. Irgendwie fühlte sich Dresen dadurch anscheinend selbst etwas herabgewürdigt.

Mit solchen Empfindlichkeiten musste man rechnen. Die kamen immer wieder vor. Ulfert hatte gute Erfahrungen damit gemacht, derartige Anwandlungen einfach zu ignorieren.

»Also, wir versuchen ja den Tod von Ute Varels aufzuklären und nun fragen wir uns natürlich, ob möglicherweise das Ganze etwas mit ihrem Beruf zu tun hatte.«

»Sie meinen, dass sie jemand umgebracht hat, weil sie zu pingelig war?«

»Zum Beispiel. Ich meine, das geht ja uns von der Polizei genauso: Wer Ordnungsmaßnahmen durchführen oder anordnen muss, der macht sich nicht unbedingt nur Freunde.«

Herr Dresen deutete auf einen Stapel mit Schnellheftern auf seinem Schreibtisch. »Das sind alles dokumentierte Fälle, in denen Frau Varels Gewalt oder Schlimmeres angedroht wurde!«

»Oh«, entfuhr es Ulfert. »Das hätte ich jetzt nicht so eingeschätzt, muss ich ganz ehrlich eingestehen.«

»Damit wir uns nicht missverstehen, Frau Varels hat ihre Arbeit sehr gut gemacht. Und sie war immer ein Vorbild an Pflichterfüllung und Genauigkeit. Aber vielleicht war es auch ein bisschen zu viel des Guten.«

»Der berühmte Schritt von der Genauigkeit zur Pedanterie«, stellte Ulfert fest.

Herr Dresen nickte. »Wissen Sie, Vorschriften sind das eine. Die müssen natürlich eingehalten werden. Aber es kommt auch darauf an, wie man das den Bürgern gegenüber kommuniziert und ob man wirklich jede Regelverletzung haarklein verfolgen muss.«

»Das heißt, sie hat sich geweigert, mal ein Auge oder zwei zuzudrücken.«

»Das haben Sie jetzt gesagt.«

»Weil Sie so was natürlich offiziell nicht machen, habe ich recht?«

Herr Dresen atmete tief durch und runzelte die Stirn. Er schien sich missverstanden zu fühlen. Jetzt beugte er sich nach vorn über den Schreibtisch und legte eine Hand auf den Stapel mit Schnellheftern. »Man kann nicht die ganze Gastronomie einer Stadt geschlossen gegen sich aufbringen! – Um nur mal ein Beispiel zu nennen. Ob da mal ein paar Stühle draußen stehen, die da nicht hingehören oder so … Ich will da nicht in die Einzelheiten gehen. Aber um es kurz zu machen: Frau Varels hat wegen ihrer persönlichen Eigenarten mehrmals die Abteilung und den Zuständigkeitsbereich wechseln müssen, weil die Kommunikation zwischen ihr und den Klienten …«

»Klienten? Kaufen die was bei Ihnen?«

»So nennen wir Bürger, die ein Anliegen haben.«

»Ach so.«

»Also, die Kommunikation war immer nach kurzer Zeit ziemlich stark gestört. Der letzte, spektakuläre Fall war der von Hermine Dierks. Die betreibt am Ratsdelft ein Restaurantschiff mit dem Namen ›Sing man tau Tsingtau‹. Und nein, das hat nicht mit dem China-Lokal zu tun und man bekommt da auch keine Frühlingsrolle.«

»Ich war schon mal dort«, sagte Ulfert.

»Hermine Dierks stand wutentbrannt mit dem Messer vor Frau Varels und hat sie tätlich bedroht! Wenn da nicht ein mutiger Mitbürger eingeschritten wäre, dann wäre vielleicht wer weiß was passiert.«

»Wann soll das gewesen sein? Uns liegt dazu keine Anzeige vor!«

»Nein, es haben sich alle Parteien darauf geeinigt, dass man das auf sich beruhen lässt.«

»Und Frau Varels war damit einverstanden? So wie Sie mir die Dame charakterlich schildern in ihrer ganzen unerträglich genauen Rechtschaffenheit, erscheint mir das eher unwahrscheinlich.«

»Also gut: Ich habe Frau Varels dazu bewogen.«

»Gedrängt.«

»Nein, bewogen«, beharrte Herr Dresen. »Wir müssen schließlich auch darauf achten, dass es für unsere Arbeit eine gewisse Akzeptanz in der Bevölkerung gibt. Und im Prinzip … ist ja auch nichts passiert.«

Ulfert deutete auf den Stapel mit Unterlagen. »Kann ich mir diese Unterlagen mal mitnehmen?«

»Deswegen habe ich sie herausgesucht. Es sind Kopien.«

»Danke.«

»Gern geschehen.«

»Wie war das Verhältnis zu den Kollegen?«, hakte Ulfert dann weiter nach.

»Schwierig.«

»Inwiefern schwierig?«

»Sie war eben Frau ›zweihundert Prozent‹. Wenn man zu wenig Einsatz zeigt und zu ungenau ist, macht man sich damit keine Freunde, weil die Kollegen das ausgleichen müssen. Umgekehrt gilt das aber auch. Ich glaube, sie war nicht sonderlich beliebt und hat sich kaum Mühe gegeben, damit sich daran etwas ändert. Die Einzige, die etwas mehr Kontakt zu ihr hatte, war wohl Frau van Eck. Aber ich glaube, die hat auch nie wirklich viel Persönliches von ihr erfahren.«

»Tja, jedenfalls danke ich für die Unterlagen«, sagte Ulfert. »Ich werde mal sehen, ob das zu irgendeinem Ermittlungsansatz führt.«

»Ich hoffe, Sie halten uns hier auf dem Laufenden.«

»Im Rahmen des Möglichen – selbstverständlich.«

Herr Dresen erhob sich von seinem Bürostuhl und knöpfte sich das Jackett zu. »Ungeachtet der Schwierigkeiten, die es mit Frau Varels im Einzelnen gegeben haben mag: Natürlich nehmen wir Anteil am Schicksal unserer Kollegin. Ihr Verlust hat uns alle sehr tief getroffen und wir hoffen, dass Sie den Fall restlos aufklären können.«

»Natürlich«, sagte Ulfert Jansen. »Das hoffe ich auch.«

Kapitel 10

Steen und Ulfert kamen ungefähr zur selben Zeit in der Dienststelle an. Altje war am Telefon. Steen begriff sehr schnell, dass es bei dem Gespräch nicht um etwas Dienstliches ging.

»Wenn Sie dem Rindviech einmal in den Hintern fassen, und dann so eine Rechnung! Dat gaait gar nicht!«, ereiferte sich Altje. »Ja, was soll heißen, meine Mutter ist damit einverstanden gewesen und hat das unterschrieben! Die ist sehbehindert und ihre Lesebrille ist seit vorgestern kaputt! Nee, da kann in Ihrer tierärztlichen Gebührenordnung stehen was will, das ist Wucher! Sie haben schamlos eine Zwangslage ausgenutzt. Was? Ob die Kuh wieder Verdauung hat? Ja sicher! Dünnschiss hat sie! Alles vollgeschissen. Und das stinkt wie eine Kläranlage bei uns im Stall, seit Sie uns gesagt haben, wir sollen da so ein Zeug ins Futter geben. Ja, Sie mich auch mal!«

Altje beendete das Gespräch mit hochrotem Kopf.

»Schön, wenn alle so eifrig am Fall arbeiten«, sagte Steen trocken.«

»Ja, du hast gut reden, Steen«, meine Altje. »Ich habe halt auch ein Privatleben und einen Hof und ein paar Rindviecher und einen Wucher-Veterinär, der einem für einen Griff in die Scheiße ein kleines Vermögen abknöpft! Dagegen wirken ja Hütchenspieler und Hafennutten wie ehrbare Geschäftsleute!«

»Altje, nun ist aber gut«, meinte Ulfert.

»Gar nichts ist gut!«, gab Altje zurück. Und Ulferts Intervention war auch keineswegs geeignet, sie zu beruhigen. Steen wusste das besser. Deswegen ging er nicht weiter darauf ein.

»Sag, wo ist denn Ihno?«, fragte er.

»Der hat sich den Nachmittag frei genommen«, sagte Altje. »Er hätte noch so viele Überstunden, und wenn er davon nicht mal ein paar mit Freizeit ausgleichen würde, hätte er bis zu seiner Pensionierung keine Chance mehr, sie abzubauen.«

»Hier auf der Dienststelle macht aber auch jeder, was er will«, stellte Steen etwas resigniert fest.

»Wenn was ist, können wir ihn anrufen«, ergänzte Altje. »Sagt der Ihno.«

Ulfert hatte inzwischen den Packen mit den Schnellheftern, die er von Herrn Dresen bekommen hatte, auf seinem Schreibtisch abgelegt. In knappen Worten fasste er seine Unterhaltung mit Ute Varels' Vorgesetztem zusammen. »Frau Varels hat sich offenbar im Rahmen ihrer dienstlichen Pflichterfüllung jede Menge Feinde gemacht. Ob das etwas mit ihrem Tod zu tun hat, müssen wir natürlich noch herausfinden, aber es wäre prinzipiell möglich.«

»Ich glaube, ich bin da der Sache schon etwas näher gekommen«, meinte nun Kommissar Steen. »Allerdings ist es nicht mehr als ein Verdacht.« Er fasste seine Begegnung mit Frauko Willarts in knappen Worten zusammen und resümierte dann: »Es ist alles da: Ein Boot, ein Mann, der für meinen Geschmack sehr wenig Mitgefühl hat für das Schicksal seiner … tja, was eigentlich? Freundin? Lebensgefährtin? Irgendwas auf dem Weg dazwischen?«

»Mangelnde Trauer ist noch kein Straftatbestand«, stellte Ulfert fest.

»Nein, ich weiß«, sagte Steen. »Aber ich bin überzeugt, dass der Tod von Ute Varels irgendetwas mit Frauko Willarts zu tun hat. Er hat ein Boot, das nachts unbemerkt auslaufen könnte. Ute Varels war erwiesenermaßen schon mal an Bord.«

»Was denkst du, was passiert ist?«, fragte Ulfert.

»Ich weiß es nicht.«

»Denkst du, es könnte bei einer nächtlichen Fahrt zum Streit gekommen sein? Frauko Willarts haut Ute Varels eins über den Kopf und wirft sie irgendwo zwischen Delfzijl und Krummhörn ins Wasser.«

»Wäre eine Möglichkeit, Ulfert.«

»Fehlt nur ein Motiv. Ein Anlass!«

»Richtig. Andererseits: Wenn Ute Varels schon an Land umgekommen wäre und es Frauko Willarts nur darum gegangen wäre, die Leiche zu entsorgen, dann kann ich mir nicht vorstellen, dass er so dumm gewesen wäre, das zu einer Uhrzeit zu machen, die einfach ungünstig war! Frauko fährt schließlich in der Saison mehrmals die Woche mit seiner Dollart Titanic raus! Der kennt sich mit Ebbe und Flut aus!«

»Na ja, wenn sich der Streit erst auf hoher See gewissermaßen ergeben hat«, sagte Ulfert. »Bleibt natürlich die Frage, was die beiden bei Dunkelheit auf dem Wasser zu suchen hatten.«

Steen zuckte mit den Schultern. »Ich kann dir noch nicht sagen, wie das zusammenhängt. Ich weiß nur, dass die Begegnung mit Frauko höchst merkwürdig verlaufen ist!«

»Was noch keine Verhaftung rechtfertigt, oder?«, mischte sich Altje ein.

»Ich will alles über Frauko Willarts wissen«, sagte Steen. »Alles, was irgendwie mit Ute Varels zusammenhängen könnte.«

»Vielleicht gibt es ja sogar einen Zusammenhang zwischen Ute Varels dienstlicher Terror-Pedanterie und Frauko Willarts«, vermutete Ulfert.

Aber Steen machte eine wegwerfende Handbewegung. »Ditzum gehört zur Gemeinde Jemgum und unterliegt nicht dem Zuständigkeitsbereich des Ordnungsamtes Emden.« Er rieb sich das Kinn und wirkte plötzlich nachdenklich. »Der einzige Zusammenhang zwischen Ute Varels dienstlicher Tätigkeit und Frauko ist die Art und Weise, wie sie sich kennengelernt haben.« Steen fasste die Geschichte, wie Frauko die Ordnungsamtsmitarbeiterin todesmutig vor der mit einem Fischmesser bewaffneten und bis zum Äußersten aufgebrachten Hermine Dierks gerettet hatte, in knappen Worten zusammen.

»Wie romantisch!«, meinte Altje. »Ein richtiger Held!«

»Wir haben immer noch kein Motiv«, stellte Ulfert klar.

»Ich weiß«, sagte Steen.

»Mal abgesehen davon, dass es natürlich in einer Beziehung immer mal zu Spannungen kommen kann, die dann gelegentlich auch mal mit Mord und Totschlag enden, wie alle wissen«, sagte Ulfert. »Aber nach so kurzer Zeit?« Ulfert schüttelte den Kopf. »Da schwebt man doch normalerweise noch im siebten Himmel – oder man geht sich dann einfach aus dem Weg, wenn man festgestellt hat, dass das doch nicht die richtige Wahl war.«

Steen schnipste mit den Fingern. »Was, wenn es so war: Die beiden lernen sich kennen und während sie sich kennenlernen, entdeckt Ute Varels irgendetwas, was nicht in Ordnung ist.«

»Eine Leiche im Keller«, ergänzte Altje.

»Ob der Hof unterkellert ist, würde ich bezweifeln«, meinte Ulfert. »Ditzum liegt ziemlich tief und das Grundwasser …«

»Es muss ja nicht unbedingt eine Leiche sein«, meinte Steen. »Und auch kein Keller. Aber irgendetwas, was das strenge Ordnungsempfinden und die absolute Gesetzestreue von Ute Varels herausgefordert hätte! Was weiß ich! Eine fehlende Baugenehmigung für eine Scheune, eine nicht genehmigte Sickergrube, ein befestigter Weg, der im Bebauungsplan nicht vorgesehen ist – ich habe keine Ahnung.«

»Es müsste etwas sein, das einen Mord rechtfertigt!«, sagte Ulfert.

»Na ja, das kann sehr individuell sein.«

»Steen, ich höre da sehr oft das Wort ›wenn‹«, sagte Ulfert. »Das ist alles nur Theorie, aber nichts Handfestes. Mag ja sein, dass dieser Frauko den Tod seiner frisch verbandelten Beziehung relativ unspektakulär zur Kenntnis genommen hat, aber Kaltschnäuzigkeit verstößt gegen keinen einzigen Paragrafen des Strafgesetzbuches!«

»Mir ist bewusst, dass uns noch ein paar wichtige Puzzleteile fehlen, Ulfert!!«

»Gut!«

»Aber ich bin überzeugt, dass das am Ende alles irgendwie zusammenpasst.«

Einige Augenblicke lang herrschte nun Schweigen.

»Falls der Mord an Bord dieses Jollenkreuzers stattgefunden hat, wie ich vermute, dann dürfte man doch möglicherweise davon noch Spuren finden«, meinte Steen. Er sah Ulfert an. »Was sagt unser EX-BKA-Experte dazu?«

»Kann sein, kann auch nicht sein, Steen.«

»Es käme also auf einen Versuch an!«

»Das Problem ist, dass wir dazu einen richterlichen Beschluss bräuchten. Wir können nicht einfach so das Boot betreten und dann Spuren sichern. Das käme einer Durchsuchung gleich.«

»Ich denke, da ist Gefahr im Verzug«, meinte Steen.

»Sehe ich auch so«, pflichtete Altje ihm bei.

Ulfert schüttelte den Kopf. »Am Ende stehst du als Gelackmeierter da, Steen! Stell dir mal vor, ich finde nichts und dieser Frauko Willarts legt Beschwerde ein gegen deine Maßnahmen! Und das kann er! Denn abgesehen von deinem schlechten Gefühl ihm gegenüber haben wir keine Beweise! Und Boote gibt es in Ostfriesland wirklich …«

»Jetzt sag nicht wie Sand am Meer!«, meinte Altje.

Ulfert zuckte mit den Schultern. »So ähnlich aber!«

»Egal, ich werde es versuchen, einen Durchsuchungsbeschluss für dieses Boot zu bekommen«, beharrte Steen. »Und falls das nicht gelingt, dann …«

»Wirst du dich doch nicht etwa über das Gesetz hinwegsetzen?«, meinte Altje.

»… fällt mir schon was anderes ein«, vollendete Steen seinen Gedanken. »Und bis dahin sehen wir zu, dass wir alles über Frauko zusammentragen, was es über ihn zu erfahren gibt. Eine Informationsquelle könnte zum Beispiel seine Schwester sein, mit der er einen heftigen Streit hatte, als ich auf dem Hof ankam.«

»Worum ging es denn bei dem Streit?«, fragte Ulfert.

»Nach Fraukos Version um zwei Grundstücke, die Mareike geerbt hat – allerdings nur unter der Bedingung, dass sie sich von der Sekte eines Guru lossagt. Solange das nicht geschehen ist, sind diese Grundstücke im Besitz von Frauko Willarts.«

Steen sah auf die Uhr. Jetzt noch etwas im Hinblick auf eine Durchsuchung und kriminaltechnische Untersuchung von Fraukos ›Kleiner Dollart Titanic‹ zu erreichen, war wohl illusorisch. In dieser Sache musste er sich wohl bis morgen früh gedulden. Aber vielleicht konnte er sich heute noch Mareikes Version des Streits anhören.

Der Gedanke, jetzt von sich aus auf sie zugehen und mit ihr sprechen zu müssen, gefiel ihm allerdings ganz und gar nicht.

Kapitel 11

Es war nicht schwer, Mareike Willarts gegenwärtige Adresse herauszufinden. Sie war offenbar bereits vor einem halben Jahr zurück nach Emden gezogen. Zumindest war sie laut Einwohnermeldeamt dort seitdem ansässig und wohnte in einem Mietshaus am Rande der Stadt.

Das Gebäude war ein dreistöckiger Bau, dessen Wohnungen vor allem an Mieter mit Wohnberechtigungsschein vergeben wurden.

Offenbar ging es Mareike Willarts finanziell nicht besonders gut, was nicht verwunderte. Wenn sie tatsächlich den Großteil der letzten Jahrzehnte in den Fängen einer Sekte verbracht hatte, die ihre Mitglieder materiell aussaugte wie eine Art Vampir-Gemeinde, dann blieb am Ende nichts.

Und das wiederum erklärte natürlich auch die Heftigkeit, mit der Mareike anscheinend jetzt um ihren Anteil am Erbe kämpfte.

Aber dazu konnte sie ihm vielleicht selbst mehr sagen.

Steen parkte den Wagen am Straßenrand.

Mareike Willarts wohnte im zweiten Stock.

Als Steen wenig später vor ihrer Wohnungstür stand und sie ihm öffnete, war sie sehr überrascht.

»Nanu, was ist denn mit dir los? Das letzte Mal bist du ja quasi vor mir geflüchtet und jetzt tauchst du hier von dir aus auf!«

»Ich bin leider dienstlich hier«, sagte Steen und hielt ihr den Ausweis routinemäßig entgegen.

Sie warf einen kurzen Blick darauf und grinste. »Wie du heißt, weiß ich doch!«

»Kann ich kurz hereinkommen?«

»Sicher!«

Sie führte ihn in ihr Wohnzimmer. Es war schlicht eingerichtet. »Ja, das sind Möbel aus dem Sozialkaufhaus und vom Flohmarkt. Aber mehr kann ich mir leider nicht leisten«, meinte sie. »Setz dich. Kann dir was anbieten? Dünner Kaffee wäre im Angebot.«

»Nein, danke.«

»Den Tee habe ich mir abgewöhnt.«

»Mareike, wie ich schon sagte, ich bin dienstlich hier.«

»Habe ich irgendwas verbrochen? Eine Fledermaus aufgescheucht oder mich aus Versehen auf eine Wanze gesetzt?«

»Wir untersuchen den Tod einer gewissen Ute Varels«, sagte Steen.

»Mit der habe ich nichts zu tun. Wieso kommst du da zu mir?«

»Sie war die Bekannte von deinem Bruder.«

»Ach, daher weht der Wind! War das die Tussi, mit der er in letzter Zeit immer zusammen war?«

»Die beiden hatten offenbar eine Beziehung, ja.«

»Ja, mein Bruder … Die passte nicht zu ihm. Würde ich zumindest sagen, aber was soll's.«

»Die Sache ist einfach die, dass dein Bruder einer der wenigen Menschen ist, die mit Ute Varels näher zu tun hatten. Und jede Kleinigkeit, die wir darüber erfahren könnten …«

»Du denkst, dass Frauko was mit dem Tod dieser Frau zu tun hat?«

»Wir ermitteln in alle Richtungen. Im Moment …«

»Ist doch alles nur Gerede! Du denkst, dass mein Bruder was damit zu tun hat und jetzt willst du, dass ich dir irgendwas verrate, was dir weiterhilft!«

Steen atmete tief durch. Was sollte er darauf sagen? Im Grunde hatte sie genau erfasst, weswegen er hier war. »Wir wissen, dass Ute Varels auf seinem Boot war. Und als ich gestern bei Frauko auf dem Hof war …«

»Ja, da sind wir uns ja kurz begegnet«, unterbrach Mareike Willarts ihn und verzog das Gesicht.

»Also, dein Bruder hat sehr verhalten auf die Nachricht vom Tod dieser Frau reagiert. Nicht so, wie ich mir persönlich das beim Verlust eines geliebten Menschen vorstelle.«

»Das ist alles?«, fragte sie. »Warum sollte er denn diese Frau umgebracht haben?«

»Das weiß ich nicht. Ich würde gerne mehr über ihn wissen, damit ich mir ein Bild machen kann.«

»Nein, du willst ihn reinlegen und ihm was anhängen, *Ebbo*«, sagte Mareike nun mit einem schneidenden Tonfall. Steens Vornamen betonte sie dabei auf eine ganz besondere, unangenehme Weise. »Aber da bist du an der falschen Adresse. Ich kann meinen Bruder nicht ausstehen, aber ich würde niemals etwas tun, was ihm schadet!«

»Euer Streit gestern klang schon ziemlich … heftig!«

»Das geht dich aber nichts an.«

»Frauko sagte, es hätte mit deinem Anteil am Erbe zu tun. Es geht da wohl um zwei Grundstücke.«

»Wie gesagt, das geht dich nichts an. Und ich glaube, es ist jetzt besser, wenn du wieder gehst.«

Steen nickte leicht.

»Ja, vielleicht hast du recht.«

»Tschüss dann!«

»Aber ich gehe fest davon aus, dass wir uns über dieses Thema noch mal unterhalten werden – früher oder später!«

»Du kannst mich mal!«, zischte sie zwischen den Zähnen hindurch und ihr Gesicht hatte dabei etwas Grimassenhaftes bekommen.

»Tschüss«, sagte Steen nur und ging.

Kapitel 12

Wenig später saß er im Wagen und atmete tief durch. Das war nicht das Optimale an polizeilicher Befragungskunst!, ging es ihm selbstkritisch durch den Kopf. Er fragte sich, was genau Mareikes aggressive Reaktion eigentlich provoziert hatte?

Komischerweise hatte sie nicht genauer nachgefragt, was nun die Verdachtsmomente gegen ihren Bruder waren.

Mangelnde Neugier konnte dafür nicht verantwortlich sein, stand für Steen fest.

Es gab nur eine andere Möglichkeit.

Sie weiß alles!, dachte Steen. Und wahrscheinlich noch viel mehr, als ich überhaupt erahnen kann!

Kapitel 13

Steen fuhr in die Stadt zurück. Eigentlich war schon Dienstschluss. Von unterwegs aus rief er noch mal kurz in der Dienststelle an. Aber es gab dort nichts Neues. Altje war auch schon auf dem Weg nach Hause. Da gab es wohl wieder mal irgendetwas Dringendes auf dem Hof ihrer Eltern zu erledigen, womit die allein wieder mal nicht zurechtkamen. Ulfert hatte sich indessen in die Unterlagen vertieft, die Herr Dresen vom Ordnungsamt ihm mitgegeben hatte. »Du glaubst gar nicht, wie viele treue Feinde sich die Frau Varels gemacht hat! Hermine Dierks ist da nicht einmal der krasseste Fall«, meinte Ulfert. »Es gibt hier einige sehr persönliche Drohbriefe an sie. Natürlich anonym.«

»Dann frage ich mich, wieso das nicht polizeilich verfolgt wurde«, meinte Steen.

»Wurde es ja. Aber die Kollegen sahen wohl keine Chance, die Ermittlungen erfolgreich zu einem Abschluss führen zu können. Die Verfahren wurden sämtlich eingestellt.«

»Am besten, du machst für heute auch Schluss, Ulfert.«

»Und was ist mit dir?«

»Ich will noch bei Tammo Tjaden vorbei«, kündigte Steen an.

»Dass du den mal von dir aus aufsuchst, wird ihn sicher freuen.«

»Ich will, dass in der Zeitung bekanntgegeben wird, dass wir nach einem Boot suchen, das in der Tatnacht unterwegs war.«

»Steen, wir haben alle Bootshäfen, Yachtclubs und sonst was abtelefoniert. Wenn da irgendjemand was bemerkt hätte …«

»Ja, das reicht offenbar nicht aus«, sagte Steen. »Auch wenn wir damit notgedrungen ein bisschen vom Täterwissen preisgeben, ich glaube, dass das sein muss.«

»Deine Entscheidung, Steen.«

»Ich weiß«, murmelte Steen.

Kapitel 14

An diesem Abend fuhr auf dem Hof von Frauko Willarts ein Trecker vor. Er gehörte Bernhardine Alberts. Der Motor war so laut, dass Frauko Willarts sofort darauf aufmerksam wurde. Er kam aus der Scheune.

»Moin!«, brüllte er und übertönte damit sogar noch den Treckermotor, den Bernhardine einen Augenblick später abstellte. Sie stieg vom Trecker herunter.

»Moin, Frauko«, sagte sie.

»So was – da sieht man sich eine ganze Weile gar nicht und dann gleich zweimal an einem Tag. Am Hafen und jetzt hier!«

Berhardines Gesicht war leicht gerötet. Der Wind blies ihr die roten Haare ins Gesicht und sie hatte zunächst einmal Mühe, eine freie Sicht zu bekommen.

»Ja, lag ja nicht an mir«, sagte sie dann. »Ich meine, dass wir uns länger nicht gesehen haben.«

»Na ja …«

»Ich bin hier, weil ich Bratkartoffeln übrig habe. Die magst du doch.«

»Weißt du doch.«

»Ich schaff die nicht. Eigentlich dachte ich, dass der Dachdecker noch was isst, aber der ist heute nicht gekommen.«

»Ja, wenn man die Handwerker mal braucht, was?«

»So ist es.«

»Tja …«

»Ich habe eine Warmhaltebox mitgebracht. Wenn du willst …«

»Komm rein, Bernhardine.«

»Vielleicht sollten wir mal bei der Gelegenheit noch verschiedene Dinge besprechen.«

»Ich habe jetzt nicht so ganz auf dem Schirm, was du meinst, Bernhardine.«

Sie sah ihn an. »Und ich glaube, du weißt ganz genau, was ich meine. Aber ich glaube, das erledigen wir lieber drinnen.«

»Hm«, brummte Frauko und nickte dann. »Gib die Warmhaltebox mal her. So eine schwache Frau soll ja nicht so schwer tragen!«

Sie lächelte und wirkte fast verlegen. »Ich wusste immer, dass du der Gentleman unter den friesischen Bauern bist, Frauko!«

Frauko lachte, während er die Warmhaltebox nahm. »Mein legendärer Ruf als Frauenversteher scheint mir ja vorauszueilen.«

»Du sagst es!«

»Casanova war nix dagegen.«

»Gehen wir rein, Frauko. Ich nehme auch noch einen Teller. Zwei Teller hast du doch, oder?«

Kapitel 15

Am nächsten Morgen versuchte Steen zunächst einmal vergeblich, einen Beschluss zu erwirken, der es ihm erlaubt hätte, Frauko Willarts' Jollenkreuzer kriminaltechnisch zu untersuchen. Es waren jedoch dafür angesichts der Beweislage einfach nicht die rechtlichen Voraussetzungen vorhanden.

»Man muss auch verlieren können«, lautete Ulferts Kommentar dazu, nachdem Steen das letzte Telefongespräch entnervt beendet hatte. »An die Gesetze müssen wir uns eben halten.«

»Wir kommen nicht an diesen Frauko heran!«, meinte Steen. »Aber …«

»Hör zu, ich sehe nur eine Möglichkeit.«

»Und die wäre, Ulfert?«

»Du fragst Frauko einfach um Erlaubnis.«

»Hm.«

»Also, die Wahrscheinlichkeit, dass wir etwas finden, ist ohnehin gering – selbst mit den modernsten Methoden. Das ist ein Boot, das wird schon während der Fahrt mit Wasser bespritzt. Gischt nennt man das, wie du weißt. Auf der anderen Seite unterschätzen die Leute natürlich auch unsere Möglichkeiten häufig …«

»Du meinst ernsthaft, ich soll Frauko anrufen und fragen, ob wir sein Boot auf den Kopf stellen dürfen?«, wollte Steen wissen.

»Nicht auf den Kopf stellen«, sagte Ulfert. »Nur nach Vergleichsspuren suchen. Frau Varels war so reinlich, dass wir selbst in ihrer Wohnung kaum etwas gefunden haben. Das Ganze dient mehr oder weniger Fraukos Entlastung.«

»So soll ich ihm das schmackhaft machen?«

»Siehst du eine andere Möglichkeit?«

Steen atmete tief durch. »Vielleicht hast du recht!«

Er telefonierte mit Frauko. Der war zunächst ziemlich knurrig und gar nicht gut darauf zu sprechen. Steen hatte schon die Befürchtung, dass er einfach auflegte und die Sache damit zu Ende war.

Nachdem Frauko zunächst sehr schweigsam gewesen war, platzte es dann aus ihm förmlich heraus! So laut, dass Steen die Lautstärke des Telefons herunterregulieren musste. »Na gut, schau meinetwegen nach Spuren, such mit der Lupe oder sonst was danach! Es soll mir recht sein! Und vielleicht wirst du mir ja dann glauben, dass ich nichts mit dem Tod von Ute zu tun habe!«

»Den Schlüssel!«, erinnerte Ulfert seinen älteren Kollegen. »Wir brauchen den Schlüssel!«

»Wir brauchen den Schlüssel für das Boot, beziehungsweise die Kajüte«, sagte Steen durch das Telefon. »Also wäre es nett, wenn …«

»Ich komme vorbei. Ich hoffe, ihr lasst mich dann nicht lange am Hafen warten!«

»Keine Sorge. Wir sind auch gleich dort«, versprach Steen.

*

»Sag mal, bei dem ganzen Trubel heute Morgen ist mir gar nicht auffallen, dass Ihno gar nicht da war«, meinte Steen während der Autofahrt. »Der nimmt doch jetzt nicht schon wieder Überstunden?«

Ulfert saß am Steuer.

»Das habe ich dir noch gar nicht gesagt, Steen …«

»Was meinst du jetzt?«

»Ich war ja ein bisschen früher auf der Dienstelle als du.«

»Ja, und?«

»Ihno hat angerufen und gesagt, er käme etwas später. Weil er auf etwas gestoßen sei, das mit unserem Fall zu tun haben könnte. Also zumindest mit Frauko Willarts…«

»Hat er Näheres gesagt?«

»Nein. Er war sehr in Eile. Und er hätte einen Termin. Auf dem Bauamt.«

»Wie bitte?«

»In Leer, nicht hier in Emden. Ich glaube, das hat was mit zwei Grundstücken zu tun, die Frauko Willarts gehören. Aber das erzählt er dir später wohl noch selbst und ausführlich.«

»Das will ich aber auch hoffen.«

»Er erwähnte auch was von irgendwelchen versunkenen Dörfern. Ihno scheint sich mit diesem Thema ziemlich intensiv beschäftigt zu haben. Ach ja, und dann noch was: Ich hab veranlasst, dass wir den Dienstrechner von Frau Varels bekommen. Vielleicht hat sie den ja auch privat genutzt.«

»Ihr Handy bräuchten wir!«

»Ich würde vermuten, dass das genauso in der Nordsee liegt wie der Rest von Ute Varels Leiche.«

»Ja, aber ich habe gestern mit ihrer Kollegin Swantje van Eck telefoniert und die hat mir berichtet, dass Frau Varels zu Hause noch ein privates Tablet hatte. Altje holt das nachher ab – vorausgesetzt, sie findet es, aber da bin ich zuversichtlich.«

»Mal sehen, ob wir an E-Mail-Konten oder so etwas herankommen«, meinte Steen.

»Eben!«

»Aber so kontaktarm wie die Frau war, können wir dann allenfalls ihre Bestellungen bei irgendwelchen Online-Händlern ansehen – und auch die dürften sich bei ihr in Grenzen gehalten haben.«

»Irgendwie müssen wir doch weiterkommen, Steen.«

Steen atmete tief durch. »Wo du recht hast, hast du recht.«

»Eben.«

»Sag mal. Mit deinem Magen und Darm ...«

»Ist vollständig in Ordnung, Steen! Keine Sorge.«

»Gut.«

»Ich bin nicht ansteckend, Steen. Ehrenwort!«

*

Steen und Ulfert kamen im Ditzumer Hafen an. Frauko Willarts wartete dort bereits am Anleger auf sie.

»Hier ist der Schlüssel«, sagte er und reichte ihn Steen. »Aber mal ehrlich, in die Kajüte wäre man auch ohne ganz einfach hineingekommen. So eine Kajütentür lässt sich kinderleicht ausheben. Da braucht man doch keinen Schlüssel für!«

»Wir wollen nichts kaputtmachen, Frauko.«

»Ja, schon gut. Macht, was ihr glaubt, was ihr tun müsst. Und überlegt euch schon mal, wie ihr euch später für eure wüsten Verdächtigungen bei mir entschuldigen könnt!«

»Nein, Frauko, so ist das nicht gemeint!«

»Doch, das ist es sehr wohl. Aber ich habe das schon verstanden. Ich werde euch wohl nur los, wenn ich euch gewähren lasse.« Er verschränkte die Arme vor der Brust. »Ich würde auch gerne wissen, was mit Ute passiert ist. Das könnt ihr mir wirklich gerne glauben.«

»Ich bring dann nachher den Schlüssel bei dir vorbei«, versprach Steen.

In diesem Augenblick klingelte ein Handy. Es war die Melodie vom ›Hamborger Veermaster‹, einem Shanty.

»Das ist meins«, sagte Frauko. »Ich vergess das Ding manchmal auf der ›Dollart Titanic‹.« Er kletterte an Bord seines Ausflugsschiffs und kam wenig später mit seinem Handy zurück. »Habe ich schon gesucht«, meinte er noch. »Nix für ungut.«

»Bis nachher«, sagte Steen. »Wir sind hier sicher ein paar Stunden beschäftigt.«

»Dann viel Spaß!«

Steen sah Frauko noch eine Weile nach. Mit wuchtigen Schritten ging dieser zu seinem Wagen. Es war ihm anzumerken, dass er innerlich ziemlich geladen war.

»Dann lass uns mal sehen, ob wir was finden«, meinte Ulfert.

Steen kletterte an Bord des Jollenkreuzers und schloss die Kajüte auf.

Er warf einen Blick hinein.

Einen langen Blick, denn er war sich für einen Moment nicht sicher, ob er sich vielleicht nicht täuschte.

»Ist was?«, wollte Ulfert wissen.

»Als ich das erste Mal hier war, war da eine Regenjacke mit Blumenmuster.«

»Von einer Frau!«

»Genau.«

»Ja, und?«

»Die Jacke ist weg.«

*

Die Spurensuche auf dem Jollenkreuzer zog sich hin. Steen sprach mit ein paar Leuten im Hafen und fragte sie, ob sie irgendetwas Verdächtiges gesehen hätten. Ein Boot, das in der Nacht ausgelaufen war, zum Beispiel. Die meisten hatten natürlich den Artikel am Morgen im *Neuen Ostfriesenblatt* gelesen. Aber beobachtet hatte niemand etwas. Auch der Hafenmeister nicht.

Schließlich kam ein ziemlich dicker Mann mit einer weißen Schiffer-Mütze an den Anleger.

»Ist hier ein Kommissar Steen?«, rief er.

»Ja, das bin ich«, sagte Steen.

»Ich habe bei Ihren Kollegen angerufen und die meinten, Sie wären hier!«

Steen ging auf ihn zu und zeigte ihm den Ausweis.

Aber der Mann mit der weißen Mütze nahm den kaum zur Kenntnis. »Hab die Lesebrille nicht auf«, sagte er.

»Was ist denn Ihr Anliegen?«

»Heute Morgen stand da was in der Zeitung. Sie suchen ein Boot, das in der Nacht ausgelaufen ist, bevor dieser Arm am Borkumkai gefunden wurde.«

»Richtig.«

»Also das Boot da«, er deutete auf die ›Kleine Dollart Titanic‹, »war definitiv nicht hier in der Nacht.«

»Aha?«

»Es war so. Ich war am Tag mit meiner Yacht draußen. Die liegt da vorne.« Er streckte die Hand aus und deutete auf eine mittelgroße Yacht mit dem Namen ›Luise‹. Wahrscheinlich der Name seiner Frau, dachte Steen. Und wahrscheinlich als Entschuldigung an sie gemeint, dass er so viel Zeit mit dem Boot und so wenig mit ihr verbringt. Es war immer dasselbe.

»Ja, aber es geht ja um die Nacht«, sagte Steen.

»Schon klar. Also erstens fallen die beiden Boote hier natürlich auf – ›Dollart Titanic‹ und ›Kleine Dollart Titanic‹. Der Besitzer muss Humor haben!«

»Ja, und wie kommen Sie jetzt darauf, dass die ›Kleine Dollart Titanic‹ in der Nacht nicht hier war?«

»Also, als ich am Nachmittag hier war, lag sie noch am Anleger. Ich habe meine Jacke mit dem Handy drin auf meinem Boot vergessen. Und da ich das geschäftlich brauche, bin ich am Abend sehr spät noch mal hierhergekommen, um es zu holen. Das war schon nach Mitternacht, denn ich hatte bis dahin den Verlust noch nicht bemerkt.«

»Und da war die ›Kleine Dollart Titanic‹ nicht mehr hier?«

»So ist es. Ich hab mich gewundert! Um diese Zeit noch mit dem Jollenkreuzer raus? Das ist schon ungewöhnlich, ehrlich gesagt. Viele Gedanken habe ich mir darum aber nicht gemacht. Ich war froh, dass ich mein Handy wiederhatte, denn meine Yacht war ja nicht der einzige Ort, an dem ich es möglicherweise verlegt hatte. Und da sind schon ein paar sensible Sachen drauf.«

»Kann ich mir vorstellen.«

»Jedenfalls war das Boot, auf dem Ihr Kollege gerade herumturnt, definitiv nicht hier. Und heute Morgen lese ich in der Zeitung, dass Sie genau nach so einem Boot suchen.«

»Gut, ich bräuchte dann noch Ihre Personalien. Und ich müsste Ihre Aussage zu Protokoll nehmen, sodass alles seine Ordnung hat.«

»Wenn's nicht zu lange dauert! Ich habe nämlich gleich noch einen Termin.«

»Was machen Sie denn beruflich?«

»Bin Handelsvertreter.«

»Gut, ich werde dafür sorgen, dass das schnell geht«, versprach Steen.

*

Als Steen die Aussage zu Protokoll genommen hatte und der Mann mit der weißen Mütze wieder gegangen war, meldete sich Ulfert zu Wort.

»Ich glaube, ich habe etwas gefunden«, sagte er. »Könnte Blut sein. Auf jeden Fall aber eine organische Substanz. Ob es für einen DNA-Test reicht, muss ich abwarten. So einfach ist das in diesem Fall nicht.«

»Na, dann haben wir doch alles, was wir brauchen!«

»Steen, nun mal halblang! Selbst wenn dieses Blut von Ute Varel stammen sollte, ist das kein Beweis für irgendwas! Schließlich hat ja niemand bestritten, dass Frau Varels des Öfteren hier an Bord war. Man kann sich auch einfach so eine kleine Wunde zuziehen, hier gibt es eine Menge Haken, an denen man sich verletzen könnte.«

»Aber wir wissen nun, dass das Boot in der fraglichen Nacht nicht im Hafen war!«

»Auch das ist für sich genommen noch nicht viel, Steen. Tut mir leid, aber der Durchbruch ist das noch nicht.«

Steen widerstrebte es, Ulfert in diesem Fall recht geben zu müssen. Aber es stimmte natürlich, was der Kollege sagte.

Später fuhren Ulfert und Steen dann noch beim Hof von Frauko Willarts vorbei, um den Schlüssel zurückzugeben.

»Da steht ein Trecker«, sagte Steen. »Offenbar hat Frauko Besuch.«

»Könnte doch sein Trecker sein«, meinte Ulfert. »Nein, der sieht anders aus«, beharrte Steen. »Und davon abgesehen steht der dahinten. Siehst du?«

»Manche Bauern haben zwei Trecker.«

119

»Das wäre ungewöhnlich. Zumal Frauko nur mit einem fahren kann.« Steen stieg aus. »Du kannst ruhig hier im Wagen warten. Das wird schnell gehen.«

»Gut, denn bevor wir nicht etwas mehr wissen, hat es überhaupt keinen Sinn, wenn du Frauko Willarts noch mal in die Mangel nimmst.«

»In die Mangel nehmen … wie klingt das denn. Ich befrage nur, Ulfert. Ich stelle einfach nur Fragen, mehr nicht.«

»Ja, sicher.«

Steen ging zur Tür.

Frauko machte auf.

»Hier ist der Schlüssel.«

»Komm rein. Ich will jetzt auch wissen, was du gefunden hast. Und dein Kollege kann da ruhig im Wagen Wache halten. Ich lauf schon nicht weg.«

Steen drehte sich kurz zu Ulfert um und zuckte mit den Schultern, ehe er Frauko ins Haus folgte.

Sie gingen durch den Flur und kamen schließlich in die Küche.

Eine Frau mit roten Haaren stand neben dem Tisch und schenkte gerade Tee ein. Über der Stuhllehne hing eine Regenjacke mit Blumenmuster. Es war genau die Jacke, die Steen auf der ›Kleinen Dollart Titanic‹ gesehen hatte.

»Guten Tag«, sagte Steen. »Ich bin eigentlich nur hier, um einen Schlüssel abzugeben.«

»Ich möchte, dass du unter Zeugen sagst, was jetzt Sache ist«, sagte Frauko. »Und Bernhardine kann ruhig dabei sein. Dann kannst du später nicht sagen, dass du irgendwas nicht gesagt hast, *Kommissar!*«

»Wir haben ein paar Spuren gefunden, die wir aber erst noch abgleichen müssen und von denen wir auch nicht wissen, ob sie uns tatsächlich weiterhelfen«, sagte Steen. Er wandte sich an Frauko. »Ein Zeuge sagt übrigens, dass die ›Kleine Dollart Titanic‹ in der entscheidenden Nacht nicht im Hafen war.«

»Dann muss der Zeuge sich irren«, sagte Frauko.

»Nein, der ist fest davon überzeugt, dass es genau so war. Und jetzt frage ich dich, Frauko: Wo war dein Boot?«

»Ich dachte bis eben, dass es festgemacht im Hafen lag«, sagte Frauko. »Tut mir leid, dafür hab ich keine Erklärung!«

»Tja, wir werden das überprüfen müssen.«

»Der Zeuge wird sich einfach geirrt haben«, mischte sich jetzt Bernhardine ein. »Oder es waren ein paar Jugendliche, die mit dem Boot losgefahren sind.«

»Hätten die nicht den Schlüssel gebraucht?«, fragte Steen.

»Wenn sie den Motor benutzt hätten ja. Aber der macht doch viel Krach. Aber mit dem Segel hätten sie einfach so losfahren können.«

»Wo ist denn das Segel?«, fragte Steen.

»In der Kajüte«, sagte Frauko. »Aber Bernhardine hat recht, da kann jeder drankommen. Ich hatte dir ja auch gesagt, dass man die Kajütentür einfach so öffnen kann. Ohne Schlüssel. Das ist so ein altes Schloss, da geht auch nichts kaputt.«

Steen überlegte kurz. »Ja, das ist eine Möglichkeit. Wie gesagt, wir überprüfen das alles noch.« Er wandte sich an die rothaarige Frau. »Sie heißen Bernhardine?«

»Ja.«

»Und wie weiter?«

»Alberts.«

»Ist eine Nachbarin«, sagte Frauko.

»Ich bin kurz auf dem Weg vom Feld noch auf eine Tasse Tee vorbeigekommen«, sagte Bernhardine Alberts.

Steen deutete auf die Jacke.

»Das Blumenmuster der Jacke passt exakt zum Muster Ihres T-Shirts, Frau Alberts«, stellte er fest.

»Ja, und?«, fragte Bernhardine Alberts. »Nur, weil wir hier auf dem Land leben heißt das ja nicht, dass wir kein ästhetisches Empfinden haben. Oder nicht?« Ihr Lächeln wirkte etwas gezwungen. »Ist zwar nicht der letzte Schrei von Paris, aber der vorletzte vom Rheiderland!«

»Dann ist das also Ihre Jacke«, sagte Steen.

»Ja, denken Sie, dass der Frauko so was trägt?«

»Das ist aber ein Zufall«, sagte Steen.

»Was ist ein Zufall?«

»Dass Sie denselben Jackengeschmack haben wie die verstorbene Ute Varels.«

Sie sah etwas hilflos zu Frauko hinüber.

»Ich weiß jetzt nicht, warum die Jacke so wichtig ist«, sagte dieser.

Aber so leicht ließ Steen sich nicht abwimmeln. »In der Kajüte hing eine solche Jacke, von der du gesagt hast, sie gehöre Frau Varels. Diese Jacke war nun allerdings verschwunden, als ich mich mit meinem Kollegen dort umgeschaut habe. Jetzt sehe ich genauso eine Jacke hier. Da frage ich mich einfach, wie das zustande kommt.«

»Das ist ganz einfach«, sagte Bernhardine Alberts jetzt. »Das auf dem Boot war meine Jacke. Die hatte ich dort vor einiger Zeit vergessen.«

»Und wann haben Sie sich die wiedergeholt?«

»Gestern.«

»Aber du hast mir gesagt, es sei Ute Varels Jacke, Frauko!«

»Ich habe das gedacht. Es ist halt Frauenkram. Und genau das habe ich gesagt! Meine Güte, es kann sein, dass Ute diese Jacke mal angezogen hat.«

Steen wandte sich noch mal an Bernhardine. »Bedeutet das, dass Sie früher mit Fraukos Boot gefahren sind?«

»Ja, wir sind zusammen Boot gefahren«, erwiderte Bernhardine gereizt.

»Und zwar noch bis vor kurzem«, stellte Steen fest.

»Wenn Sie das sagen.«

»Genauer gesagt, bis Frauko diese Ute Varels kennenlernte, mit der er dann das Boot teilte.«

»Worauf wollen Sie hinaus?«, wollte Bernhardine wissen.

»Auf gar nichts«, sagte Steen. »Ich wollte einfach nur verstehen, wie alles zusammenhängt.«

»Na, das haben Sie ja jetzt. Sind Sie zufrieden?«

Steen schüttelte den Kopf. »Zufrieden bin ich erst, wenn ich weiß, was mit Ute Varels passiert ist. Aber ich fürchte, das wird noch eine Weile dauern und auch ziemlich schwierig werden. Denn wie Frauko vorhin schon richtig bemerkt hat: Bisher wissen wir so gut wie nichts mit Bestimmtheit.«

»Und trotzdem scheinen Sie einen voreiligen Schluss nach dem anderen zu ziehen«, erwiderte Bernhardine Alberts.

»Ja, vielleicht haben Sie recht, Frau Alberts«, gab Steen zu. »Ich sollte damit vielleicht doch etwas vorsichtiger sein – mit dem Ziehen von Schlüssen, meine ich. Da haben Sie vollkommen recht. Aber jetzt will ich Sie auch nicht länger aufhalten.« Ein letztes Mal wandte sich Steen an Frauko. »Den Schlüssel habe ich ja nun zurückgeben. Und wenn es etwas Neues in der ganzen Sache gibt, dann wirst du es ganz sicher erfahren.«

*

»Also, wenn wir schon bei einem Motiv sind, dann hätte auch diese Bernhardine Alberts eins«, meinte Ulfert, nachdem Steen ihm während der Rückfahrt von seiner Begegnung, dem Gespräch in der Küche und dem Wiederauftauchen der Regenjacke erzählt hatte. »Erst fährt sie mit dem Nachbar-Bauern Boot, später ist sie abgemeldet, weil da diese Ute Varels aufgetaucht ist. Und nun …«

»… steht weiteren Bootsfahrten nichts mehr entgegen.«

»Genau.«

»Voraussetzung wäre, dass sie mit dem Boot umgehen kann – und zwar gut genug, damit nachts rauszufahren. Sie musste segeln können. Wie sie ohne Schlüssel an Bord kommen konnte, hat sie mir ja selbst beschrieben, aber den Motor konnte sie so nicht benutzen.«

»Der hätte auch zu viel Krach gemacht.«

»Bislang aber nur eine Spekulation, Ulfert.«

»Das gilt auch für Frauko!«

123

Steen seufzte. »Das bedeutet, wir stehen immer noch mit leeren Händen da.«

»Wir haben ein bisschen organische Substanz, die untersucht werden muss. Und ein paar Verdächtige.«

»Und ein Boot, das mit großer Wahrscheinlichkeit zum entscheidenden Zeitpunkt auf See war!«, stellte Steen fest. »Wir liegen also richtig.«

»Ich würde gerne noch irgendwo halten.«

»Wieso, Ulfert?«

»Für ein Krabbenbrötchen.«

»Und das ist kein Problem mit Magen-Darm?«

»Steen, das ist vorbei.«

»Trotzdem wäre ich etwas vorsichtig.«

Einige Augenblicke schwiegen sie. Dann sagte Ulfert: »Ich sag dir jetzt was sehr Persönliches, Steen.«

»Okay.«

»Das ist nur für deine Ohren. Sonst für niemanden.«

»Ich bin verschwiegen wie ein Grab, Ulfert. Das weißt du.«

»Nur deswegen erzähle ich es dir. Denn das muss sonst wirklich niemand wissen.«

»Schieß los.«

»Einen Grund dafür, warum ich nicht beim BKA in Berlin geblieben bin.«

»Ich dachte, das wäre deine Heimatverbundenheit mit Ostfriesland.«

»Der Grund ist, dass ich nicht leichenfest bin. Zumindest nicht, wenn es um zerstückelte Menschen geht. Ich bin sehr gut, was die Spurensicherung angeht, und mir macht es auch nichts aus, mit einem normalen Toten umzugehen.« Ulfert machte eine Pause und Steen ließ ihm die, denn er hatte das Gefühl, dass der Kollege sie brauchte, um seine Gedanken in Worte fassen zu können. »Wir hatten da mal einen Fall, da hat jemand Hände, Füße und noch andere Trophäen gesammelt. Das ist mir nicht mehr aus dem Kopf gegangen seitdem, verstehst du mich?«

»Und das ist wieder hochgekommen, als du den Arm von Ute Varels untersucht hast.«

»Genau.«

»Kann ich nachvollziehen.«

»Ich dachte, hier in Ostfriesland kriege ich so was nicht so oft zu sehen.«

»Stimmt ja eigentlich auch.«

»Also, ich hab Hunger auf ein Krabbenbrötchen.«

»Ich nehm auch eins, Ulfert.«

Kapitel 16

»Schön, dass man dich auch mal wieder sieht, Ihno«, meinte Steen, nachdem sie zur Dienstelle zurückgekehrt waren. »Du hast dich ja ganz schön rar gemacht in letzter Zeit.«

»Moin erstmal«, sagte Ihno Purwin.

»Wo ist eigentlich Altje?«

»Unterwegs.«

»Aber nicht in Sachen Bullen und Landwirtschaft?«

»Nee, diesmal dienstlich. Erklär ich dir gleich, Steen. Ich habe nämlich Neuigkeiten. Ob uns das jetzt wirklich weiterbringt, ist noch die Frage. Auf jeden Fall ist es hochinteressant.«

Steen setzte sich in seinen Bürostuhl. »Dann erzähl mal.«

»Wir sind nämlich mit unserem Latein so ziemlich am Ende«, meinte Ulfert.

»Mal nicht übertreiben, Ulfert«, gab Steen zurück. »Ich bin jedenfalls grundsätzlich immer Optimist. Selbst wenn es keinen objektiven Grund dafür gibt.«

»Ja, ich glaube, wer nach versunkenen Dollart-Dörfern und den vergrabenen Schätzen von Häuptlingsfamilien sucht, muss auch Optimist sein«, meinte Ihno Purwin. »Aber das heißt ja nicht, dass dieser Optimismus immer unbegründet sein muss. Vor allem, wenn man die Suche systematisch angeht.«

Ulfert und Steen wechselten einen etwas ratlosen Blick. »Ich werde mich mal an die Auswertung des Spurenmaterials machen, solange Ihno was über Dollart-Dörfer erzählt.«

»Anscheinend stellt er sich zurzeit besonders intensiv auf die Zeit nach seiner Pensionierung ein«, meinte Steen. »Allerdings möchte ich dich daran erinnern, Ihno, dass du im Moment noch hier im Dienst bist und es noch eine kleine Weile dauert, bis du bei Frauko auf dem neuen Schiff was über Dollart-Dörfer erzählst! Immer vorausgesetzt, wir haben den guten Frauko bis dahin nicht verhaftet.«

»Ja, so gesehen befinde ich mich fast in einem Interessenkonflikt. Allerdings gehört meine Loyalität als Beamter immer und zuallererst …«

»Ihno! Mach's kurz!«, unterbrach ihn Steen.

Ihno holte tief Luft.

So tief, dass Steen zu ahnen begann, dass er wohl keineswegs daran dachte, die Sache ›kurz‹ darzustellen.

»Also: In Vorbereitung meiner Tätigkeit als Fremdenführer habe ich mich ja intensiv auf das Thema *versunkene Dollart-Dörfer* vorbereitet. Das hat mich im Übrigen immer schon interessiert, sodass das auch kein Neuland für mich war. Ich habe sozusagen meinen Kenntnisstand nur etwas reaktiviert und gewissermaßen ge-updated.«

»Ich glaube, das ist englisch-platt für runderneuert«, meinte Ulfert.

»Gleich wirst du mich nicht mehr verspotten«, meinte Ihno. »Ich habe mich mit einem pensionierten Museumsleiter kurzgeschlossen, der seine Doktorarbeit seinerzeit über Eggerik Beninga geschrieben hat.«

»Wer ist das denn?«

»Eggerik Beninga lebte von 1490 bis wahrscheinlich 1562. Er stammte aus einem alten Häuptlingsgeschlecht und war nicht nur Zeitzeuge der großen Cosmas- und Damianflut, sondern auch ein bedeutender Chronist und ostfriesischer Geschichtsschreiber. Von ihm stammen viele Listen, Namen und Lagebeschreibungen der damals untergegangenen Dörfer. Außerdem gibt es in den Berichten Mutmaßungen über vergrabene Häuptlingsschätze, die jetzt unerreichbar seien.«

»Willst du jetzt unter die Schatzgräber gehen?«, meinte Ulfert. »Ist wahrscheinlich einträglicher, als für Frauko Willarts Touristen zu unterhalten.«

»Nee, aber vielleicht ist Frauko Willarts unter die Schatzjäger gegangen«, vermutete Ihno. »Denn einer der Punkte, der laut meinem konsultierten Experten und den Angaben von Eggerik Beninga in Frage kommt, liegt ungefähr dort, wo sich zwei Grundstücke befinden, die im Besitz von Frauko Willarts sind!«

Steen hob die Augenbrauen.

Jetzt war seine Aufmerksamkeit geweckt.

»Doch nicht etwa die beiden Grundstücke, über die er sich mit seiner Schwester streitet?«, meinte Steen.

»Ich habe Kontakt zum zuständigen Bauamt aufgenommen«, sagte Ihno nun. »Es gab da nämlich Beschwerden.«

»Was für Beschwerden?«, wollte Steen wissen.

»Offenbar hat sich Herr Willarts eine Art kleinen Friedhofsbagger gekauft und damit das Gelände umgegraben. Und zwar immer nach Feierabend. Nicht an den Wochenenden, da fährt ja auch sein Ausflugsschiff. Aber die Nachtruhe hat er in der Gegend wohl erheblich gestört. Das Bauamt hat daraufhin überprüft, ob überhaupt eine Baugenehmigung für irgendwelche Gebäude vorliegt.«

»Und?«

»Fehlanzeige. Es gibt keine Baugenehmigung, keinen Antrag, keine eingereichten Pläne, gar nichts. Herr Willarts hat zur Begründung seiner Arbeiten angegeben, es ginge ihm um eine topografische Umgestaltung des Geländes. Und das durfte er.«

»Hm.«

»Und dann habe ich noch was anderes gehört. Auf dem Bauamt in Leer – aber hinter vorgehaltener Hand. Der Mitarbeiter dort ist mit meinem Sohn zur Schule gegangen und hat bei uns immer viel Tischtennis im Keller gespielt … Und außerdem …«

»Was hat er unter der Hand denn gesagt?«, wollte Steen wissen.

»Offenbar gab es mehrere Interessenten, die sich auch nach den Grundbucheinträgen für die Grundstücke erkundigt haben.«

»Wollte das Gelände jemand kaufen?«

»Ja.«

»Und Frauko Willarts wollte das offenbar nicht.«

»Man kann jetzt nur darüber spekulieren, warum nicht.«

»Du denkst, er hofft immer noch, einen Häuptlingsgoldschatz zu finden.«

»Nein, ich denke was anderes, Steen.«

»Was?«

»Ich hab mir wirklich den Kopf darüber zerbrochen, wie man in die ganze Angelegenheit irgendeinen Sinn hineinbekommt. Das Einzige, was Sinn machen würde, wäre folgende Möglichkeit: Er hat den Schatz gefunden, will aber nicht, dass jemand darauf aufmerksam wird. Und das würde ein neuer Besitzer zwangsläufig, denn jeder fragt sich doch, was die ganzen Löcher da eigentlich sollen und wieso jemand Grundstücke umgräbt, auf denen er gar nicht bauen will.«

»Einen Schatz darf man nach dem niedersächsischen Schatzregal ja auch nur zur Hälfte behalten«, sagte Ulfert. »Die andere Hälfte bekommt das Land. Und Voraussetzung ist sowieso, dass einem das Fundgrundstück gehört.«

»Was den erbitterten Streit mit seiner Schwester natürlich noch mal nachvollziehbarer macht«, meinte Steen.

»So ist es! Ich habe natürlich schon bei den zuständigen Stellen nachgehakt: Herr Willarts hat keinen Schatz irgendwo ordnungsgemäß gemeldet. Das habe ich auch nicht erwartet, denn ich denke, dass Frauko nicht so gerne etwas abgeben wollte.«

»Dann bräuchte er jemanden, der das auf dem illegalen Markt für ihn verkauft«, meinte Ulfert. »Der illegale Markt mit archäologischen Fundstücken und Kunstgegenständen ist größer als der Drogenmarkt – und da gibt es natürlich ebenfalls Mafia-Organisationen, die damit Geld verdienen.«

»Alles zu riskant«, meinte Ihno. »Ich an seiner Stelle …«

»Du?«, fragte Seen.

»Ja, ich würde so was ja nie machen. Schließlich bin ich rechtschaffener Beamter.«

»Schon klar!«

»Ich würde sagen, es ist wesentlich risikoloser, das Gold einzuschmelzen. Da verliert man zwar den Mehrwert, den der Schatz durch seine historische Bedeutung hätte, aber Gold ist Gold.«

»Ist das nicht schwierig?«

»Ach Quatsch«, sagte Ihno. »Du brauchst einen haltbaren Tiegel, einen handelsüblichen Schmelzofen und eine Schutzbrille. Notfalls reicht auch eine Mikrowelle und du tust das Gold in eine Kartoffel hinein. Du musst eben nur über 1000 Grad kommen und außerdem darfst du die Mikrowelle hinterher nicht mehr zur Zubereitung von Nahrung benutzen. Tja und wenn das Gold unrein ist, was ich hier mal erwarten würde, dann brauchst du noch einen Schmelzzusatz. Also alles in allem kann man das in jeder Küche machen.«

»Du kennst dich ja anscheinend aus«, meinte Ulfert.

»Ja, ich informier mich eben eingehend. Das nennt man auch gründliche Polizeiarbeit.«

Steen erhob sich von seinem Platz, plötzlich von ungewohnter Unruhe getrieben. Er rieb sich das Kinn und schien intensiv nachzudenken.

»Ich habe hier übrigens eine schöne Übersicht über die Orte, an denen den historischen Quellen nach so eine Grabung lohnen könnte.«

Er legte eine Karte vor Steen auf den Tisch und deutete mit dem Finger. »Hier ist der Hof von Frauko. Und da sind die beiden Grundstücke, denn da beginnt ja auch der regulär besiedelte Bereich. Das war alles mal im Meer versunken und ist dann nach und nach wieder aufgetaucht. Es gibt natürlich auch weite Bereiche, die heute unter Wasser liegen und wo wahrscheinlich nie mehr jemand was finden wird.«

»Wem gehört dieser Bereich hier?«, fragte Steen und deutete ebenfalls mit dem Zeigefinger.

»Das gehört zum Nachbarhof.«

»Dem Hof von Bernhardine Alberts?«

»Hof Alberts – ja. Steht da doch!«

»Da scheint auch eine vielversprechende Schatzkammer zu sein. Zumindest den Markierungen auf dieser Karte nach.«

»Ja. Liegt ja im Grenzgebiet von Fraukos Land. Ich kann ja mal nachsehen, welches Dorf da ursprünglich mal gewesen sein soll.«

»Gute Polizeiarbeit, Ihno«, lobte Steen. »Wirklich gute Polizeiarbeit.«

»Danke, Chef!«

»Du willst wohl unbedingt erreichen, dass wir dich alle hier vermissen!«

»Wenn ihr in Zukunft mal Hilfe braucht und ohne mich nicht zurechtkommt, stehe ich euch ja gerne immer mit Rat und Tat zur Seite«, meinte Ihno Purwin.

Steen lächelte. »Ja, wenn du dann nicht gerade auf hoher See bist!«

»Abwarten«, meinte Ihno. »Mann muss ja jetzt erst mal sehen, wie sich die ganze Sache entwickelt. Außerdem …«

»Außerdem was?«

»Ich bin mir inzwischen nicht mehr so hundertprozentig sicher …«

»Womit?«

»Ob mich das wirklich genug fordert. Und ob das dann auch tatsächlich das Richtige für mich ist. Da denk ich noch drüber nach.«

Ein paar Augenblicke lang sagte niemand ein Wort. Ulfert hatte noch nicht mit den Untersuchungen der Spuren vom Boot begonnen, sondern sich stattdessen Ute Varels Tablet vorgenommen. Irgendein Gedanke schien ihn plötzlich zu beschäftigen.

»Langsam wird aus Frauko, Bernhardine und Ute ein wirklich interessantes Trio«, meinte Steen. »Mal angenommen, Frauko hat wirklich einen Schatz gefunden. Und ebenfalls mal angenommen, die sehr pingelige Ute Varels hätte das herausgefunden. Glaubt wirklich jemand von euch, dass sie das für sich behalten hätte?« Steen schüttelte den Kopf. »Nein, sie hätte sofort die betreffenden Stellen informiert. Und ich glaube ehrlich gesagt nicht, dass irgendeine romantische Aufwallung Frauko gegenüber sie davon abgehalten hätte.«

»Zumindest hat sich Ute Varels für die Regelungen des niedersächsischen Schatzregals interessiert«, stellte Ulfert fest. »Ihr Browserverlauf beweist das. Sie hat danach gesucht und die entsprechenden Gesetzestexte aufgerufen.«

»Und warum sollte sich Frau Varels dafür interessieren, wo das doch ansonsten gar nicht in ihre Zuständigkeit fällt!«, meinte Steen. »Ich denke, da sind wir auf dem richtigen Weg.« Er wandte sich an Ihno. »Du wolltest noch erzählen, wo Altje steckt?«

»Die befragt zurzeit die anderen Anlieger bei den Grundstücken, um die es geht.«

»Bin mal gespannt, ob dabei noch etwas herauskommt«, meinte Steen nachdenklich.

*

»Moin, Rieke«, sagte Steen später, als er zum Essen ging. Er sah sich im Lokal um.

»Tammo Tjaden ist nicht hier«, sagte sie.

»Gut.«

»Und er kommt auch nicht.«

»Woher willst du das wissen?«

»Weil heute Kickers Emden spielt.«

»Das ist die erste gute Nachricht, die ich heute bekommen habe.«

»So schwer?«

»So schwer.«

»Heute wieder einen Hafenarbeiter?«

»Ja.«

»Ich nehme an, du willst nicht über das reden, was dir im Kopf herumgeht.«

»Richtig.«

Steen dachte über das Trio nach, das sich nun in diesem Fall herausgeschält hatte. Frauko, Bernhardine, Ute. Was war jetzt der Hintergrund dieses Dreiecks-Dramas? Die Schatzgräberei und Utes Rechtschaffenheit? Oder war es ein ganz gewöhnliches Beziehungsdrama, bei dem einfach eine zu viel an Bord gewesen war?

Vielleicht eine Mischung aus beidem, dachte Steen.

Sein Handy klingelte, er nahm den Anruf entgegen. Es war Ulfert. »Ich habe noch die Spur vom Boot untersucht.«

»Und?«

»Es ist Blut. Aber nicht von Ute Varels.«

»Wäre ja auch zu schön gewesen.«

»Vielleicht hat Frauko sich da mal verletzt.«

»Manche Opfer wehren sich ja vielleicht auch, bevor sie umgebracht werden.«

»Also jedenfalls kommen wir mit dieser Spur vorerst nicht weiter.«

»Schade.«

»Dafür habe ich es geschafft, an das GPS-Bewegungsprofil von Ute Varels Handy zu kommen. Das Handy selbst ist zwar vermutlich auf Nimmerwiedersehen in den Fluten der Nordsee verloren. Aber an ihre Daten konnte ich mit dem Tablet heran. Sie hat außerdem einen Schrittzähler aktiviert und einige andere Funktionen, die uns jetzt die Arbeit erleichtern.«

»Ich höre.«

»Das letzte GPS-Signal hat ungefähr die Position vom Ditzumer Hafen. Und zwar um etwa 23 Uhr.«

»Was wollte sie so spät dort?«

»Das kriege ich auch noch heraus!«

»Wie auch immer. Sie ist zum Hafen gekommen, hat mutmaßlich das Boot bestiegen und ist dann umgekommen. Das steht jetzt fest. Und da kann sich Frauko Willarts auch nicht einfach so herausreden!«

»Ach, noch etwas.«

»Was?«

»Du wolltest doch wissen, ob diese Bernhardine Alberts segeln kann.«

»Ja.«

»Das kann sie. Kannst du selbst im Online-Archiv des *Neuen Ostfriesenblattes* nachsehen. Sie hat als Jugendliche mehrere Regatten gewonnen. Das ist zwar eine Weile her. Aber so was verlernt man ja nicht.«

»Nee«, sagte Steen. »Segeln ist wie Fahrrad fahren. Das verlernt man nicht.«

»Sehen wir morgen mal weiter. Ich mach jetzt auch Schluss!«

»Bis morgen, Ulfert.«

»Tschüss.«

Aber Ulfert legte noch nicht auf. »Ist noch was?«, fragte Steen.

»Das, was wir heute während der Fahrt besprochen haben.«

»Magen- und Darm«, nannte Steen das Stichwort.

»Genau. Das bleibt unter uns, ja?«

»Du kennst mich, Ulfert.«

»Ja.«

»Ehrenwort. Du kannst dich drauf verlassen.«

»Bis morgen.«

Rieke stellte Steen jetzt den Hafenarbeiter hin.

»Denk jetzt mal eine Weile nicht an den appen Arm vom Borkumkai«, sagte sie. »Sonst kannst du das hier nicht richtig genießen.«

Kapitel 17

Es war schon spät.

Mareike Willarts hatte das Fenster ihres Wohnzimmers weit geöffnet. Ein kühler Luftzug wehte herein. Die Luft roch selbst hier, am Stadtrand von Emden, etwas nach Salz und Meer.

»Nein, ich lass mir nicht alles bieten«, sagte sie mit dem Handy am Ohr. »Ich bestehe auf meinem Recht! Das ist doch alles nur Schikane! Ja, ich weiß … nein, ich werde nicht lockerlassen. Pa und Ma würden sich im Grab umdrehen, wenn sie wüssten … Ja, ja, ja …« Sie beendete das Gespräch und warf das Handy wutentbrannt auf die Couch. Durch die Federung des Polsters machte das Gerät einen Satz und wäre beinahe auf den Boden gefallen.

»So ein Schiet!«, schimpfte sie und ballte dabei die Hände zu Fäusten. Dann raufte sie sich die Haare.

Alles schien ihr im Moment irgendwie zu entgleiten.

Nichts ging voran.

Nichts lief so, dass man hätte sagen können: Es wird bald gut enden!

Jetzt klingelte es an der Tür.

Wer konnte das noch sein?

Es klingelte noch einmal.

Offenbar jemand, der ungeduldig ist, dachte sie.

Mareike Willarts ging zur Tür und sah kurz durch den Spion.

»Wenn man vom Teufel spricht«, murmelte sie und machte die Tür auf.

Kaum hatte sie das getan, da sauste etwas auf ihren Kopf zu und traf sie hart an der Stirn. Holz gegen Knochen. Es gab ein dumpfes Geräusch. Der zweite Schlag folgte nur eine Sekunde später.

Mareike Willarts taumelte rückwärts und schlug der Länge nach auf den Boden.

Kapitel 18

Noch bevor Steen am nächsten Morgen in die Dienststelle kam, klingelte sein Telefon.

Es war Altje.

»Steen, es gibt einen weiteren Mord.«

»Wie bitte?«

Sie nannte eine Adresse. Noch ehe Altje einen Namen gesagt hatte, wusste Steen, um wen es ging: Seine ehemalige Klassenkameradin Mareike Willarts.

»Bin gleich da«, sagte Steen. »Wissen die anderen schon Bescheid?«

»Ja.«

»Gut.«

Steen beendete das Gespräch.

Wenig später erreichte er mit seinem Wagen das Mietshaus, in dem Mareike Willarts seit einiger Zeit lebte. Dass hier irgendetwas passiert sein musste, konnte man schon an den Einsatzfahrzeugen sehen, die sich vor dem Gebäude drängten.

Steen stieg aus.

Schnellen, energischen Schrittes ging er auf den Eingang zu und überholte zwei uniformierte Kollegen, die gerade mit einer Zinkwanne unterwegs waren, in die die Leiche kommen würde, und wohl denselben Weg hatten wie Steen.

Wenig später betrat er die Wohnung. Altje und Ulfert waren schon da. Außerdem ein Arzt, der die Erstbegutachtung der Leiche durchführte.

»Steen, Kripo. Ich leite hier die Untersuchung. Können Sie schon was sagen?«

»Ich bin Dr. Trinkhaus und habe meine Praxis zwei Straßen weiter. Normalerweise ist das nicht mein Job.«

»Na, die Feinarbeit machen die Kollegen vom gerichtsmedizinischen Institut in Oldenburg«, sagte Steen. »Aber für ein paar erste Hinweise wären wir schon dankbar.«

»Ich würde sagen, sie hat mehrere Schläge mit einem harten, stumpfen Gegenstand auf den Kopf bekommen«, sagte Dr. Trinkhaus. »Das ist die mutmaßliche Todesursache.«

»Zeitpunkt?«

»Schwer zu sagen. Vor Mitternacht würde ich sagen.«

»Also gestern Abend.«

»Ja.«

»Genaueres könnte ich natürlich erst nach einer eingehenden Leichenschau diagnostizieren – wenn überhaupt. Aber der Job ist bei den Kollegen in Oldenburg ganz sicher in besseren Händen als bei mir.«

»Haben Sie trotzdem vielen Dank«, sagte Steen. Er wandte sich an Ihno Purwin. »Wer hat denn die Tote überhaupt gefunden?«, fragte Steen.

»Das war der Herr Börne. Der wohnt in der Wohnung nebenan.«

»Dann würde ich gerne mal mit ihm sprechen.«

»Der müsste noch zu Hause sein. Scheint mir ein Rentner zu sein.«

»Also jemand, der im Gegensatz zu dir es schon geschafft hat«, meinte Steen.

Ihno runzelte die Stirn und verzog das Gesicht. »Je näher der Zeitpunkt rückt, desto weniger weiß ich, ob ich darüber eigentlich wirklich glücklich sein soll.«

»Ändern kannst du sowieso nichts daran, Ihno.«

»Das befürchte ich auch.«

*

Steen begab sich zur Wohnung nebenan. Die Klingel war kaputt. ›Christoph Börne‹ stand auf dem dazugehörigen Schild.

Steen klopfte an.

Wenig später hörte der Kommissar Geräusche hinter der Tür. Dann wurde schließlich geöffnet.

»Moin.«

137

»Moin!«

»Mein Name ist Steen. Ich bin Kriminalhauptkommissar von der Kripo Emden.«

»Sie sind wegen der Nachbarin hier, der Frau Willarts, nehme ich an.«

»Ja.«

»Ich hatte schon mit Ihrem Kollegen in Uniform gesprochen.«

»Kann ich kurz reinkommen?«

»Ja, sicher.«

Herr Börne führte Steen in sein Wohnzimmer. Es war so mit Möbeln überladen, dass dort kaum Platz war. »Suchen Sie sich einen Sessel aus«, meinte Herr Börne und ließ sich selbst auf der Couch nieder.

Auf dem anderen Ende der Couch lag eine Katze auf einer sorgfältig geviertelten Decke. Die Katze blickte auf und miaute relativ laut.

»Sie ist blind«, sagte Herr Börne. »Deswegen irritiert sie Besuch immer etwas.«

»Das kann ich mir denken.«

»Oder auch das, was heute Morgen passiert ist.«

»Was meinen Sie damit?«

»Ja, hat Ihnen der Kollege das noch nicht erzählt?«

»So in allen Einzelheiten noch nicht«, bekannte Steen.

»Also, heute Morgen in aller Frühe da zittern hier die Wände, kann ich Ihnen sagen. So ein Krach! Verzerrte Gitarren und kreischende Stimmen.«

»Aha …«

»Das war der Wecker von der Frau Willarts. Deswegen hatten wir uns schon manchmal ein bisschen in der Wolle und ich habe mich auch bei der Hausverwaltung deswegen beschwert. Ich meine, das geht ja nun nicht. Ich habe Verständnis dafür, wenn jemand wach werden will, aber dieses Konzert, das ist selbst für Gehörlose nicht erträglich.«

»Aber wenn das öfter so war …«

»Jeden Tag! Keine Rücksicht kennt diese Person da drüben! Keine Rücksicht. Oder besser: kannte sie. Man muss ja wohl von ihr jetzt in der Vergangenheit sprechen.«

»Das muss man wohl«, nickte Steen.

Steen runzelte die Stirn. Die Katze miaute jetzt noch lauter. Ihr schien die ganze Situation überhaupt nicht zu behagen. Aber obwohl sie ihrem Unmut lautstark Ausdruck verlieh, rührte sie sich keinen Zentimeter von der Stelle.

»Ja, ist schon gut«, sagte Herr Börne und kraulte ihr über den Rücken. »Das ist nur ein Kommissar. Der ist harmlos und tut nix.«

»Herr Börne, war denn heute mit dem ›Konzert‹ Ihrer Nachbarin etwas anders«, fragte Steen. »Ich meine, irgendwas hat Sie doch schließlich dazu bewogen, rüberzugehen und nachzusehen.«

»Was anders war als sonst? Es hörte nicht wieder auf! Das war anders. Es hörte überhaupt nicht mehr auf. Sonst hat das vielleicht eine knappe Minute gedauert. Ich meine, dann bin ich natürlich auch wach und sitze gerädert im Bett. Und die Katze ist natürlich auch jedes Mal völlig durch den Wind. Aber dann war immer irgendwann mal Schluss, wenn die gute Madam endlich aufgestanden ist und dieses Schiet-Ding endlich ausgemacht hat.«

»Und diesmal …«

»Fehlanzeige! Es ging immer weiter! Ich habe gegen die Wand geklopft. Die Wände sind hier ziemlich hellhörig, wissen Sie. Eigentlich hätte sie das mitkriegen müssen. Aber – keine Reaktion. Ich bin also rüber zu ihrer Tür und habe geklopft. Und dann habe ich gemerkt, dass die Tür nicht richtig zu war. Ich habe sie geöffnet und – dann fand ich sie am Boden.«

»Was war mit dem Wecker?«

»Ja, den habe ich natürlich ausgemacht. Weil ich nicht wusste, wie man den bedient, habe ich einfach den Strom rausgezogen.« Er beugte sich etwas vor. Sein Blick schien

Steen regelrecht zu durchbohren. »Sagen Sie, was ist denn da drüben eigentlich passiert? Können Sie da schon was sagen?«

»Nein, das wäre noch zu früh.«

»Ich meine, das war schon eine merkwürdige Frau, das will ich Ihnen ganz offen sagen.«

»Was war denn merkwürdig?«

»Zum Beispiel der Geruch, der manchmal aus ihrer Wohnung kam. Sie hatte oft das Fenster auf, da zogen die Schwaden zu mir über den Balkon.«

»Und was für Schwaden waren das Ihrer Meinung nach?«

»Haschisch. Was denn sonst.«

»Gut, das werden wir natürlich alles im Einzelnen untersuchen.«

»Hat sie ihr Drogendealer auf dem Gewissen? Oder war sie in was anderes verwickelt?«

»Herr Börne, wir stehen noch ganz am Anfang unserer Ermittlungen. Aber es ist schön, dass Sie so aufmerksam waren.«

»Wie gesagt. War eine merkwürdige Frau. Aber man kennt sich auch nicht aus, wer da so neben einem wohnt. Übrigens hat sie sich vor ein paar Tagen sehr lautstark mit einem Mann gestritten.«

»Können Sie Näheres dazu sagen? Oder den Mann beschreiben?«

»Sie nannte ihn Frauko. ›Damit kommst du nicht durch, Frauko!‹ Das hat sie mehrfach gesagt. Daran erinnere ich mich. Das war nämlich draußen im Flur. ›Es wird alles herauskommen! Dafür werde ich sorgen!‹ Das hat sie auch gesagt.«

»Und er?«

»Er hat nur gesagt, sie solle den Mund halten. Immer wieder. Ich habe mich ans Fenster gestellt und hinausgesehen.«

»Die beiden haben Sie bemerkt?«

»Haben sie. Sie haben beide zu mir heraufgeschaut. Und ich glaube, andernfalls wären sie vielleicht tatsächlich aufeinander losgegangen.«

»Was geschah dann?«

»Der Kerl namens Frauko – der sah wirklich aus wie jemand, der einem den Hals brechen kann – ist in seinen Wagen gestiegen und davongebraust. Ich hatte leider keinen Stift parat, um mir die Nummer aufzuschreiben. Tut mir leid. Eigentlich sollte man so etwas immer bereit haben. Aber ich hatte den Stift für ein Kreuzworträtsel gebraucht und dann lag er nicht dort, wo er sein sollte.«

»Sie schreiben öfter mal Nummern auf?«

»Natürlich.« Er rang mit den Armen. »Was glauben Sie denn! Die parken sonst alles zu! Aber leider unternimmt ja niemand was dagegen. Und bei der Stadt gilt man dann als Querulant und jemand, der sich mit den Nachbarn nicht versteht!«

»Tja, die Welt ist ungerecht«, sagte Steen.

»Na, Sie wissen Bürgersinn ja wenigstens zu schätzen.«

*

Steen kehrte zur Wohnung von Mareike Willarts zurück. Die Leiche war inzwischen abtransportiert worden. Ulfert war damit beschäftigt, alles fotografisch zu dokumentieren. Tausende von Handyfotos würden das Ergebnis sein. Aber die konnten am Ende sehr wichtig sein, weil sie exakt dokumentierten, wie der Tatort zu dem Zeitpunkt ausgesehen hatte, als er von der Polizei betreten worden war.

»Irgendjemand muss ja nun wohl losfahren, um Frauko Willarts über den Tod seiner Schwester zu informieren«, meinte Altje Remels.

»Das werde ich selbst übernehmen«, erklärte Steen.

»Na Gott sei Dank. Solche Sachen hasse ich nämlich.«

»Altje, du hast dich doch gestern noch bei den Leuten in Ditzum etwas umgehört.«

141

»Aber etwas wirklich bahnbrechend Neues ist dabei nicht herausgekommen«, erklärte Altje. »Einige haben von dem neuen Schiff erzählt, das Frauko sich anschaffen will – oder das er sich schon angeschafft hat. Zumindest in Ditzum sagen die einen so, die anderen so.«

»Die, die so sagen, haben recht«, sagte Ihno Purwin. »Schließlich hat Frauko mir ja deswegen den Job nach meiner Pensionierung angeboten.«

»Jedenfalls reden die Leute darüber. Und angeblich soll Frauko Willarts auch an eine Reihe Grundstückseigentümer herangetreten sein, um ihnen ein paar Wiesen abzukaufen.«

»Ich dachte, die Landwirtschaft geht so schlecht«, sagte Steen.

»Genauer gesagt, er betreibt kaum noch welche«, meinte Altje. »Angeblich bewirtschaftet er seine Flächen gar nicht mehr. Er hat auch fast alle Tiere weit unter Preis verkauft. Der eine oder andere vermutete schon, dass er im Lotto gewonnen hat!«

Ihno Purwin holte ein Stück Papier aus der Jackentasche seiner Uniform. »Ich wette, die Wiesen, die Frauko erwerben wollte, decken sich mit den markierten Punkten auf der Karte.«

»Da sollten dann wohl auch Schatzgrabungen mit dem Friedhofsbagger stattfinden«, glaubte Steen. Er sah Ihno Purwin an. »Ihno, du begleitest mich zu Frauko.«

»Ich komme gerne mit«, sagte Ihno. »Hauptsache, es sagt hinterher niemand, dass ich irgendwie befangen sein könnte, weil wir ja in Zukunft eventuell verbandelt sind, der Frauko und ich. Aber das ist ja noch nicht fest und wie ich ja schon mal sagte: Inzwischen bin ich mir da auch nicht mehr sicher.«

»Du hast offenbar einen guten Draht zu ihm«, sagte Steen. »Und darauf kommt es jetzt an.«

Kapitel 19

Kommissar Steen fuhr zusammen mit seinem Kollegen Ihno Purwin zu Frauko Willarts' Hof.

Steen saß am Steuer. Er hielt den Wagen vor dem Haupthaus des Hofs an.

»Die schlechte Nachricht überbringe ich am besten«, sagte Ihno. »Oder? So war das doch gedacht, wenn ich dich richtig verstanden habe.«

»Ganz genau. Davon abgesehen …«

»Was?«

»Na, ob Frauko das wirklich als eine schlechte Nachricht auffasst, dass seine Schwester tot ist, werde ich mit Argusaugen beobachten.«

Ihno Purwin hob die Augenbrauen. »Die wichtigere Frage ist doch, ob es für ihn überhaupt eine Neuigkeit ist.«

»So gesehen muss ich dir recht geben. Er hätte ein Motiv.«

In diesem Augenblick klingelte Steens Handy.

Der Kommissar nahm das Gespräch entgegen. Schon auf dem Display war erkennbar, dass es Ulfert war.

»Was gibt es?«

»Wir haben das Smartphone von Mareike Willarts sicherstellen können.«

»Mit interessanten Neuigkeiten?«

»Muss man alles genauer untersuchen. Aber eine Sache ist schon sehr auffällig: Sie hat sich anscheinend ebenfalls sehr für das niedersächsische Schatzregal interessiert. Das beweisen ihre Suchmaschinen-Verläufe.«

»Danke. Hatte sie Mail-Kontakt mit Frauko?«

»Nee, ich finde da nichts. Anscheinend haben die beiden innerhalb der Familie den persönlichen Kontakt bevorzugt.«

»Also du kannst sagen, was du willst: Aber dass Ute Varels und Mareike Willarts plötzlich etwa zeitgleich Interesse an der Frage entwickeln, was passiert, wenn jemand auf niedersächsischem Boden einen Schatz findet, kann für mich nur einen Schluss zulassen.«

»Du meinst, die wussten beide Bescheid, Steen!«

»Genau!«

»Wäre nicht unwahrscheinlich! Ich nehme an, dass Mareike Willarts auch ein paar Dinge eigenartig vorgekommen sind, die mit den Grundstücken in Zusammenhang stehen.«

»Bin mal gespannt, was Frauko dazu meint!«

*

Sie gingen zur Tür des Haupthauses und klingelten. Aber es machte niemand auf.

»Vielleicht nicht zu Hause«, meinte Ihno.

»Der Wagen stand auf dem Hof«, erinnerte Steen. »Und der Trecker auch.«

In diesem Augenblick war ein Motorengeräusch zu hören. Ziemlich laut. Für Steens Ohren klang das nicht nach dem gedämpften Klang eines Pkw.

»Sehen wir mal nach«, sagte Steen und machte sich auf den Weg. Ihno folgte ihm. Sie umrundeten das Haus. Die Geräuschquelle schien hinter einer der Scheunen zu liegen.

Wenig später langten Steen und Ihno dort an.

Ein kleiner Bagger mit abmontierter Schaufel stand da. Friedhofsbagger sagten manche dazu, da er deutlich kleiner war als die Exemplare, die zur Aushebung von Baugruben oder im Straßenbau verwendet werden. Die Spurbreite erlaubt es, auch auf schmalen und nicht so gut befestigten Wegen zu fahren und beispielsweise innerhalb von Friedhofsanlagen zu manövrieren.

Frauko Willarts beugte sich gerade über den Motor und schraubte energisch an etwas herum, worauf das Motorengeräusch stotternd verebbte.

Und im nächsten Moment stank es ziemlich doll nach Treibstoff.

»Klingt nicht gut, Frauko«, sagte Steen.

144

Frauko Willarts blinzelte ihnen entgegen. Er wischte sich mit einem Lappen die Hände ab, nachdem er einen Schraubenschlüssel wütend auf den Boden geworfen hatte. »So ein Schiet-Ding!«, knurrte er und fragte dann in Richtung der beiden Polizisten: »Was wollt ihr denn schon wieder hier? Mir die Zeit stehlen? Oder mit anpacken?«

Aus irgendeinem Grund wirkte Frauko Willarts innerlich ziemlich geladen. Steen glaubte nicht, dass das nur etwas mit dem streikenden Motor des Friedhofsbaggers zu tun hatte.

»Frauko, wir sind aus dienstlichem Anlass hier.«

»Mich grundlos verhaften? Bitte – immer gerne!« Er streckte ihnen die Hände entgegen. »Aber wenn das nicht der Fall sein sollte, dann lasst mich bitte in Ruhe! Und zwar umgehend. Hab schon genug Schiet am Dampfen! Da kann ich mich nicht noch mit euch Stieseln beschäftigen!«

Steen nickt Ihno zu.

Das Zeichen für den Kollegen, seine Botschaft loszuwerden.

»Wir sind hier, weil deine Schwester Mareike tot ist«, sagte Ihno Purwin. »Es tut mir leid, dass ich diese Nachricht überbringen muss, aber du musst es ja auf jeden Fall erfahren.«

Frauko wirkte auf einmal ganz starr. Er sah zuerst Ihno an und dann Steen.

»Ist das jetzt irgendein Trick, oder was?«

»Das ist kein Trick«, sagte Steen. »Mein Kollege sagt die Wahrheit.

»Die Mareike? Die ist tot?«

Einige Augenblicke lang herrschte jetzt ein betretenes Schweigen. Steen gab sich alle Mühe, aus der Reaktion seines Gegenübers irgendetwas herauszulesen. Wenn er nicht wirklich überrascht ist, dann spielt er es aber gut!, ging es ihm durch den Kopf.

»Hatte sie einen Unfall, oder was?«, fragte Frauko.

»Wir gehen davon aus, dass sie ermordet wurde«, erklärte Ihno. »Jemand hat ihr mit einem stumpfen Gegenstand über den Schädel geschlagen und daran ist sie höchstwahrscheinlich gestorben.«

Frauko runzelte die Stirn.

»Und wieso kommt ihr dann zu mir?«

»Na, erstmal, weil sie deine Schwester ist«, sagte Ihno.

Frauko wandte sich nun an Steen. »Nur weil du einen kleinen Streit zwischen Mareike und mir mitgekriegt hast, denkst du jetzt, dass ich auch die noch umgebracht habe! Erst Ute, dann Mareike! Habt ihr vielleicht noch ein paar andere Morde, die ihr mir gerne anhängen möchtet? Bitte! Im Dutzend ist es billiger!«

»Abgesehen von mir gibt es noch einen anderen Zeugen, der einen ziemlich heftigen Streit zwischen dir und Mareike mit angehört hat«, stellte Steen fest. »Du hast sie auf dem Parkplatz vor dem Haus, in dem sie zurzeit wohnt, abgepasst und dann ging es anscheinend richtig zur Sache.«

»Ach, was heißt denn schon richtig zur Sache! Ein paar deutliche Worte darf man innerhalb der Familie ja wohl noch äußern!«

»Der Zeuge hatte den Eindruck, dass es zu einer handgreiflichen Auseinandersetzung gekommen wäre, wenn euch beiden nicht bewusst gewesen wäre, dass er zusieht.«

Frauko runzelte die Stirn. »War das dieser alte Hänfling am Fenster! Meine Güte, das ist doch so einer, der den ganzen Tag nichts anderes tut, als Falschparker aufschreiben und Leuten auf die Nerven gehen. Und dessen Aussage soll jetzt ein Beweis dafür sein, dass ich meine Schwester umgebracht habe?«

»Das hat niemand gesagt, Frauko«, stellte Ihno klar. »Da müssen wir jetzt aber auch mal bei der Wahrheit bleiben.«

Frauko streckte die Hand in Steens Richtung aus.

Sein Zeigefinger wirkte wie der Lauf einer Pistole.

»Der da!«, sagte er nun und brach dann ab, weil er erstmal tief Luft holen musste. Sehr tief. So tief, dass es für all das reichte, was ihm jetzt auf der Zunge lang. »Der da hat es vielleicht nicht so gesagt, aber er hat es so gemeint! Ebbo, ich habe keine Ahnung, was ich dir vielleicht in grauer Vorzeit mal angetan habe! Aber dass du mich so verleumdest und mir so etwas anhängen willst, das ist wirklich …« Er machte eine wegwerfende Handbewegung. »Ach, dafür gibt es keine Worte, ›Herr Kommissar‹ oder wie immer man dich jetzt auch formvollendet anreden soll, weil du so empfindlich wie eine Mimose geworden bist!«

Steen blieb ruhig.

Selbst die Tatsache, dass Frauko ihn jetzt noch einmal Ebbo genannt hatte, ließ ihn in diesem Moment kalt. Denn jetzt war er voll und ganz auf das konzentriert, was möglicherweise hinter dem Wutausbruch seines Gegenübers steckte. Das ist alles nur Theater, dachte Steen. Nichts als Theater, das dazu dienen soll, von dem abzulenken, was wir uns nicht anschauen sollen …

»Steen macht seine Arbeit«, sagte Ihno indessen. »Und ich auch.«

»Du glaubst doch nicht im Ernst, dass ich noch daran denke, dich auf meinem Ausflugsschiff anzustellen, Ihno!«, knurrte Frauko. »Das wär auch noch schöner, dass ich mir so eine Laus in den Pelz setze!«

»Frauko, nun bleib mal ganz sachlich«, sagte Ihno. »Wir wollen hier ein paar Dinge klären und dabei könntest du uns behilflich sein. Dass man daran denken könnte, dass du deine Schwester erschlagen hast, ist jetzt nicht wirklich aus der Luft gegriffen, wie du zugeben musst. Ihr hattet Streit und es ging da um keine Kleinigkeit.«

»Ach mit dir red ich gar nicht mehr, Ihno.«

»Also, mit einem von uns wirst du reden müssen«, zog Steen jetzt das Gespräch an sich. Ihno hatte sein Bestes getan, um die Befragung in vernünftigen Bahnen zu halten. Aber anscheinend war das doch nicht der richtige Ton gewesen. »Entweder wir erledigen das hier oder wir müssen dich mitnehmen, Frauko. Dann unterhalten wir uns auf der Dienststelle.«

Frauko atmete tief durch.

»Ich brauche auf den Schreck jetzt erstmal eine Tasse Tee«, sagte er.

»Nee, die musst du später trinken«, widersprach Steen. »Ich will hier erst ein paar Dinge geklärt haben.«

»Ich habe weder Ute noch Mareike umgebracht! Ich habe auch rein gar nichts mit dem Tod der beiden zu tun. Die eine habe ich sehr gemocht, die andere weniger. Aber anscheinend lässt sich bei euch Pappnasen aus beidem ein Motiv für einen Mord konstruieren! Wie man es auch macht, es ist immer verkehrt!«

»Jetzt mal der Reihe nach«, sagte Steen. »Sowohl Frau Ute Varels als auch deine Schwester Mareike haben sich kürzlich für ein ganz spezielles Rechtsgebiet interessiert. Nämlich die Vorschriften des niedersächsischen Schatzregals. Was passiert, wenn jemand einen Schatz findet? Das ist je Land und sogar je nach Bundesland sehr verschieden. Manchmal muss der Finder alles abgeben und manchmal gar nichts. Und in Niedersachsen gilt eben die Regelung, dass die Hälfte an das Land abgegeben werden muss.«

»Ja, und?«

»Hast du eine Erklärung, weshalb die Frauen sich für dieses Rechtsgebiet interessiert und darüber im Internet nachgeforscht haben?«

»Ute arbeitete auf dem Amt. Das hatte vielleicht etwas mit ihrem Beruf zu tun.«

»Nein, hatte es nicht«, widersprach Steen. »Das haben wir überprüft.«

»Kann ja sein, dass sie sich fortbilden wollte.«

»Und deine Schwester? Die wollte sich auch nur fortbilden?«

»Meine Schwester hat schon immer unnützes Wissen gesammelt«, sagte Frauko. »Zum Beispiel: Wie verlässt mein Geist den Körper und wie erkenne ich böses Karma in unbehandelten Lebensmitteln? Was glaubst du denn, wieso die auf diese Sektenheinis reingefallen ist?«

»Ich glaube etwas ganz anderes, Frauko.«

»Ach ja?«

»Ich denke, dass man sich mit so einem Thema nur dann befasst, wenn es dazu einen konkreten Anlass gibt.«

»Keine Ahnung, was du meinen könntest.«

»Es könnte was mit dem Bagger zu tun haben, den du gerade reparierst.«

Frauko war jetzt wie vom Donner gerührt. Er wirkte vollkommen konsterniert.

»Wi weeten all!«, sagte Ihno Purwin. »Auch wenn du das nicht glaubst!«

»Ihr wisst nix«!«, knurrte Frauko.

»Ich glaube, wir gehen jetzt doch mal ins Haus, damit der Frauko seinen Tee kriegt«, meinte Steen. »Und dann erzählst du mal, wie es wirklich gewesen ist.«

Frauko blickte auf. Er wollte etwas sagen, wirkte aber nur wie ein nach Luft schnappender Fisch auf dem Trockenen.

»Frauko, wir wissen, dass dein Boot in der Nacht, in der Ute Varels starb, nicht im Hafen war. Das wissen wir mit Sicherheit! Wir haben eine Blutspur an Bord gefunden! Das sind Tatsachen, an denen niemand vorbeikommt! Wir nicht und später auch kein Richter oder Schöffe.«

Frauko schluckte. »Ihr müsst mir das glauben«, sagte er. »Ich war das nicht! Ich habe niemanden umgebracht. Warum bitte schön hätte ich das auch tun sollen? Ich war doch froh, dass ich Ute getroffen habe! Ja, sie hatte ihre Eigenarten, aber die habe ich auch.«

»Wir denken, dass Ute Varels darauf gekommen ist, dass du einen Schatz gefunden hast, Frauko. Einen Schatz, den du nicht nach den gesetzlichen Bestimmungen gemeldet hast, weil du nichts abgeben wolltest. Und hätte das die pingelige und gesetzestreue Ute so mitgemacht? Hätte sie so einen Gesetzesbruch durchgehen lassen, wo sie doch ansonsten schon ausgetickt ist, wenn ein Stuhl ein paar Zentimeter zu weit im Durchgangsbereich stand?«

»Gehen wir rein«, sagte Frauko tonlos.

»Und dann erzählst du uns, wie es wirklich war.«

»Auf jeden Fall anders, als ihr denkt!«

*

Sie gingen in die Küche. Frauko setzte Tee auf und wenig später saßen sie alle drei am Tisch.

»Sag mal, die Mikrowelle da, hast du mit der das Gold geschmolzen?«, fragte Steen.

Frauko nahm erstmal einen Schluck Tee, ehe er antwortete. Und das war vermutlich auch besser so.

»Du kannst es nicht lassen, was?«

»Frauko, wenn wir das Haus und die Nebengebäude auf den Kopf stellen, finden wir sowieso alles. Und irgendwo wirst du auch deinen Schatz letztlich gelassen haben. Liegt er noch in einem Bankschließfach oder hast du ihn schon verscherbelt? Oder ist er einfach nur im Keller?«

»Wir haben keinen Keller«, sagte Frauko. »Das Grundwasser ist hier zu hoch. Und das Land zu tief. Egal, von welcher Seite man es betrachtet, es läuft immer auf dasselbe hinaus: Ein Keller wäre hier eine feuchte Angelegenheit.«

»Frauko, jetzt die Wahrheit! Und erzähl mir nicht, dass du einfach nur zum Spaß ein paar Grundstücke umgegraben hast und so gerne mit einem Friedhofsbagger spielst! Du bist nämlich keine fünf Jahre mehr!«

»Also, wie euch schon sagte: Ich habe niemanden umgebracht. Auch wenn ich manchmal ein bisschen laut und grob werden kann, im Grunde würde ich aber niemandem ernsthaft was zu Leide tun.«

»Dann erklär uns, warum jetzt zwei Frauen tot sind«, mischte sich Ihno ein.

»Das weiß ich nicht. Dafür habe ich genauso wenig eine Erklärung wie ihr.«

»Der Reihe nach«, verlangte Steen. »Du hast also diese Ute Varels kennengelernt …«

»Ja. Das habe ich ja auch schon mal erzählt, wie das war.«

»Du hast sie voller Heldenmut vor Hermine Dierks Fischmesser gerettet!«

»So ist es. Und wir sind uns dann nähergekommen.«

»Aber irgendwann ist ihr aufgefallen, dass du ein etwas ungewöhnliches Hobby hast«, stellte Steen fest. »Die Schatzgräberei nämlich.«

»Ja, Herrgott noch mal, ich habe mich halt intensiv mit den alten Überlieferungen beschäftigt. Die Leute, die mit mir auf dem Schiff im Dollart herumfahren, wollten immer mehr zu dem Thema hören. Da habe ich ihnen eben auch immer mehr erzählt, aber das bedeutete auch, dass ich mich mit dem Thema eingehend beschäftigen musste. Denn ihr glaubt gar nicht, wie gut manche Ruhrgebietsbewohner über die ostfriesische Geschichte informiert sind! Die haben alles Mögliche darüber gelesen. Im Zeitalter des Internets ist das ja alles kein Problem mehr. Da muss man nicht zu irgendwelchen Archiven reisen oder in Bibliotheken herumstöbern, bis man vor lauter Bücherstaub Asthma gekriegt hat! Heute ist das alles viel einfacher. Also musste ich da mithalten. Fehler darf man sich schließlich auch nicht erlauben. Dann heißt es hinterher in irgendwelchen touristischen Bewertungsportalen: Der Skipper hatte keine Ahnung und erzählte nur Unsinn! So ist das heute eben.«

»Du hast also irgendwann mal angefangen, zu graben und dann auch tatsächlich was gefunden.«

»Ja. So war das.«

»Und du wolltest nichts abgegeben.«

»Ich finde nicht, dass das Unrecht ist. Was in meinem Land liegt, gehört auch mir, auf diesem Standpunkt stehe ich. Ja, ich kenne dieses Blabla von der kulturellen Bedeutung und dem ganzen Schiet! Aber diese Schlaumeier könnten ja auch selber einen Bagger kaufen und mal nachsehen! Aber das tun die nicht! Nur wenn ein anderer die ganze Arbeit auf sich genommen hat, dann werden sie plötzlich gierig, die Behörden und wollen was abbekommen!« Er zuckte die Schultern. »Ja, ich geb's zu: Ute hat das schließlich herausgefunden – oder besser: Ich habe es ihr schließlich einfach gesagt.«

»Weil es nicht mehr zu verheimlichen war?«

»Sie hat immer weiter nachgebohrt. So hartnäckig, wie sie nun mal war.«

»Und dann hat sie irgendwann gesagt, dass sie das nicht mehr mitmacht.«

»Sie war nicht sonderlich begeistert davon, das gebe ich zu.«

»Und hat dich unter Druck gesetzt!«

»Nein, sie hat versucht zu recherchieren, ob es da nicht doch noch eine legale Möglichkeit gibt, den Schatz zu behalten.«

»Und?«

»Die Bestimmungen sind nun mal, wie sie sind, da konnte sie auch nichts dran ändern. Aber auf der anderen Seite fühlte sie sich in meiner Schuld. Schließlich …«

»Wegen der Situation mit Hermine Dierks.«

»Genau. Ich denke, sie war damit schließlich im Reinen. Und auch mit mir! Ich habe ihr klargemacht, dass man manchmal aus der Routine ausbrechen muss. Wenn ich einfach nur dagestanden und nichts gemacht hätte, hätte Ute ein Messer im Bauch gehabt und Hermine Dierks wäre von euch wegen Mord oder Totschlag verhaftet worden.«

»Vermutlich.«

»Das hat ihr eingeleuchtet. Wie gesagt, es hat ihr zu schaffen gemacht, aber sie hatte auch ein Gefühl für Richtig und Falsch. Ein Gewissen eben. Und ich bin mir sicher, sie hätte mich nie irgendwo gemeldet.«

»Tja, da steckt man nun wirklich nicht drin«, meinte Ihno. »Was sagst du denn dazu, Steen? Also, ich bin jetzt etwas ratlos.«

In Steens Hirn rasten die Gedanken nur so. Äußerlich sah man ihm davon nichts an. Er nahm einen Schluck Tee und wirkte dabei betont ruhig. Konnte es wirklich sein, dass Ute Varels ihrer neuen Flamme die Unterschlagung eines meldepflichtigen Schatzes durchgehen ließ?

Manchmal wachsen Menschen ja über sich hinaus, dachte Steen. Und sie wäre nicht die Erste gewesen, bei der aufwallende Hormonausschüttungen nicht nur romantische Gefühle erzeugten, sondern auch die Grenze zwischen dem verschoben, was man als Recht oder Unrecht ansah.

Innerlich schwankte Steen, inwieweit er Fraukos Darstellung der Ereignisse jetzt für bare Münze nehmen sollte oder nicht. Aber als erfahrener Ermittler wusste er, dass man eine halbwegs plausible Variante der möglichen Ereignisse nicht vorschnell gleich als kompletten Unsinn aussortieren sollte.

Weiterbohren, dachte er.

Anders kam er hier nicht weiter. Und vielleicht kam er auf diese Weise ja doch noch an die Teile des verwirrenden Puzzles, die ihm bislang noch fehlten.

»Was ist mit deiner Schwester?«, hakte Steen jetzt nach.

»Was soll mit ihr sein? Ein Biest war sie! Und gierig! Die Gehirnwäsche, die sie in ihrer Sekte bekommen hat, ist wohl nicht mehr revidierbar gewesen. Ja, sie wollte ultimativ ihren Teil vom Erbe! Aber das ging nicht so einfach. Umgebracht hätte ich sie aber in keinem Fall! Schon um unserer Eltern willen nicht! Die hätten sich im Grabe nicht nur umgedreht, die wären doch nie wieder zu Ruhe gekommen.« Er schüttelte den Kopf. »Ich habe wirklich keine Ahnung, wer ihr eins über die Rübe gegeben hat! Das müsst ihr mir glauben.«

»Wie gesagt, auch deine Schwester interessierte sich dafür, was mit einem gefundenen Schatz passiert. Sie wusste auch Bescheid, Frauko.«

»Was weiß ich!«

»Hat sie dich unter Druck gesetzt?«

»Ja«, murmelte Frauko schließlich. »Sie wollte nicht die Erbschaft an den Grundstücken antreten, sondern Bargeld. Sonst wollte sie mich melden. Natürlich war es mir völlig unmöglich, so schnell darauf einzugehen. Sie meinte, ich sollte doch eine Hypothek auf die Grundstücke eingehen, wenn ich den Schatz nicht schnell genug versilbern könnte.«

»Tja, wenn das so ist …«

»Aber ich war das nicht! Ich weiß, dass das jetzt alles etwas anders aussieht!«

»Das kannst du wohl laut sagen, Frauko«, nickte Steen. »Du hast nicht nur ein einleuchtendes Motiv, deine Schwester umzubringen, du hast auch …«

»Ein Alibi«, sagte Frauko nun.

»Wenn du eins hättest, wäre das nicht schlecht«, meinte Ihno.

»Ich war bei meiner Nachbarin.«

»Der Frau Bernhardine Alberts«, schloss Steen.

»Genau.«

»Von wann bis wann?«

»Ich weiß nicht mehr genau. Es war schon dunkel. Vielleicht halb elf oder so.«

»Dann hättest du immer noch nach Emden fahren und deine Schwester erschlagen können.«

»Nein, hätte ich nicht«, sagte Frauko. »Mein Wagen war nämlich in der Werkstatt. Ich hätte den Trecker nehmen müssen. Der fährt mal 25 Stundenkilometer. Oder den Bagger, aber der ist auch nicht schneller. Außerdem kann man weder die Autobahn noch die Schnellstraße benutzen. Und abgesehen davon: Wenn ich vor dem Haus, in dem Mareike gewohnt hat, nachts mit dem Trecker aufgetaucht wäre, dann wäre das mit Sicherheit aufgefallen, oder?«

»Dein Wagen steht auf dem Hof.«

»Ja, er war heute Morgen fertig. Der Hein von der Werkstatt hat ihn mir vorbeigebracht. Ihr könnt ihn fragen.«

»Und wie bist du gestern Abend nach Hause gekommen?«

»Bernhardine hat mich mit ihrem Wagen gebracht.«

»Ich nehme an, Frau Alberts wird das alles bestätigen.«

»Sicher. Warum sollte sie das nicht tun? Du kannst sie ja fragen. Wollt ihr mich jetzt verhaften?«

»Nein«, sagte Steen. »Aber du solltest dich für weitere Fragen zur Verfügung halten.«

Kapitel 20

»Glaubst du, was der uns erzählt hat?«, fragte Ihno Purwin, nachdem er auf dem Beifahrersitz Platz genommen hatte. Steen ließ den Motor an. Der Wagen fuhr los.

Frauko Willarts stand vor der Tür seines Hauses und sah ihnen nach. Steen hatte sogar ein wenig Mitleid mit ihm. Denn ganz egal, wie diese Sache nun ausging und was sich am Ende als Wahrheit herausstellte, so stand eins auf jeden Fall fest: Frauko Willarts würde von dem Schatz ganz sicher sehr viel weniger behalten als die Hälfte, die ihm zugestanden hätte, wenn er den Fund gemeldet hätte. Schließlich müsste er wegen Unterschlagung eines Schatzfundes mit rechtlichen Konsequenzen rechnen. So viel Einsatz und so viel Vergeblichkeit, dachte Steen. Aber so war es ja mit vielen Dingen.

»Hörst du mir überhaupt zu, Steen?«, hörte er Ihno Purwins Stimme wie aus weiter Ferne.

»Nicht so richtig«, gab Steen zu. »Tut mir leid.«

»Was?«

»Bin konzentriert.«

»Ach ja?«

»Auf den Verkehr!«

»Hier fährt doch niemand, Steen!«

»Ich weiß nicht, ob ich Frauko glauben soll. Aber am besten ist es, wir überprüfen einfach Schritt für Schritt, ob da etwas dran ist. Mich beschäftigt etwas anderes.«

»Was?«

»Die Gemeinsamkeit zwischen Ute Varels und Mareike Willarts: Beide interessierten sich für die Regelungen des Schatzregals. Beide wussten von Fraukos Gold. Wie tief die Kenntnis der Einzelheiten ging, mag noch zu klären sein, aber im Prinzip wussten sie Bescheid. »

»Ja und? Du kannst es drehen und wenden, wie du willst, Steen: Außer Frauko sehe ich zwischen den beiden keine Verbindung.«

»Fraukos Schatz«, präzisierte Steen.

»Meine ich doch.«

»Das ist nicht dasselbe.«

»Worauf willst du hinaus?«

»Es gibt noch jemanden, der mutmaßlich über Fraukos Schatz Bescheid wusste und sich vielleicht sogar selbst an der Suche beteiligt haben könnte.«

»Die Dame, zu der wir gerade unterwegs sind? Bernhardine Alberts?«

»Exakt. Zumindest lagen einige der vielversprechenden Punkte auf ihrem Grund und Boden.«

»Aber das ist nun wirklich Spekulation, Steen. Frauko hat nichts davon gesagt, dass Bernhardine da beteiligt war.«

»Das stimmt.«

»Wir können ihn ja bei unserer nächsten Befragung dazu vernehmen.«

»Nein, ich denke, wir fragen gleich direkt bei der Quelle nach: Bei Bernhardine Alberts!«

Ihno Purwin atmete tief durch. »Also, das muss ich dir ja kurz vor der Pensionierung und außerdem als Älterer und außerdem auch Dienstälterer mal sagen, Steen!«

»Was?«

»Auch wenn du mein Vorgesetzter und Leiter unserer Dienststelle bist.«

»Was willst du mir sagen, Ihno?«

»Deine Gedanken, die kommen manchmal so verworren um die Ecke, wenn du verstehst, was ich meine. Ich bin ja immer eher dafür, alles so der Reihe nach abzuarbeiten. Systematisch eben.«

»So bin ich eben«, sagte Steen.

»Ich weiß. Und der Erfolg gibt dir recht. Nur: Wundern darf man sich doch auch wohl mal, oder?«

»Ihno, auch wenn's nicht gleich auffällt: Ich bin genauso systematisch wie andere. Nur eben anders systematisch.«

»Jo, das ist genauso, wie wenn man in der Schule nicht rechnen kann und dann steht im Zeugnis: Er war anders begabt.«

*

Bis zum Hof von Bernhardine Alberts war es nicht weit.

»Bewirtschaftet Bernhardine den Hof eigentlich alleine?«, fragte Ihno.

»Keine Ahnung. Im Prinzip wissen wir so gut wie nichts über die Frau.«

»Außer dass ein paar vielversprechende Orte für Schatzgrabungen auf ihrem Land liegen.«

Steen und Ihno stiegen aus. Aus der Ferne trug der Wind ein knatterndes Motorengeräusch herüber. Steen zog sich den Schirm seiner Prinz-Heinrich-Mütze etwas tiefer ins Gesicht, um nicht so stark von der Sonne geblendet zu werden.

Da fuhr ein Trecker auf dem fernen Acker herum.

»Ist sie das, da auf dem Bock?«, fragte Ihno Purwin.

»Ich hab zwar kein Fernglas, nehme aber an, das ist sie.«

»Ja, und nu?«

Steen zuckte mit den Schultern.

»Kleiner Fußmarsch?«

»Ach nö, Steen. Das nicht auch noch heute!«

»Noch bist du kein Pensionär!«

Ein Pkw stand auf dem Hof. Steen sah durch das Seitenfenster. Auf dem Rücksitz lag etwas. Keulen. Wahrscheinlich zum Jonglieren, dachte Steen. Oder Bernhardine Willarts betrieb rhythmische Sportgymnastik.

Man konnte die Keulen natürlich auch zweckentfremden.

Mit genau so einem Ding könnte Mareike Willarts erschlagen worden sein, dachte Steen.

In diesem Augenblick öffnete sich knarrend eine Scheunentür. Das Gegacker von Hühnern war zu hören. Eine Frau um die siebzig mit wirrem weißem Haar trat aus der Scheune und sagte mit durchdringender, etwas krächzender Stimme: »Moin, ihr zwei!«

»Moin«, sagten Steen und Ihno kurz hintereinander.

»Wer seid ihr denn? Wir kaufen nämlich nix. Und mit den Zeugen Jehovas habe ich nichts am Hut. Wir sind reformiert. Und das bleiben wir auch. Oder kommt ihr wegen dem Saatgut?«

Steen ging auf sie zu und hielt ihr den Ausweis entgegen. »Kriminalhauptkommissar Steen, Kripo Emden«, stellte er sich vor. Er deutete auf Ihno. »Das ist mein Kollege, der Herr Purwin.«

»Kriminalpolizei? Hier gibt's doch gar keine Verbrechen. Ist doch alles friedlich hier. Was ist denn passiert?«

»Wir wollten eigentlich zu Frau Bernhardine Alberts.«

»Ja, das bin ja eigentlich ich«, sagte die alte Frau. »Oder wollen Sie zu der jungen Frau Alberts. Die ist auf dem Feld da hinten. Kommt sicher bald wieder. Da müssen Sie aber einen Moment mitbringen.«

»Sind Sie die Mutter?«, fragte Steen.

»Nein, ich bin die Tante. Wir tragen denselben Namen: Bernhardine Alberts. Die Bernhardine ist nach mir benannt worden. Ihre Eltern sind ja schon früh gestorben und seitdem schmeißt die Bernhardine hier den Laden. Ich wohnte ja schon früher hier auf dem Hof und kümmere mich um die Kleinigkeiten. Zum Beispiel um die Hühner.«

»Ah ja, ich verstehe.«

»Aber sagen Sie mal, was wollen Sie denn von der Bernhardine? Die ist doch nicht in irgendwas verwickelt oder was?«

»Frau Alberts, wir müssen einfach nur ein paar Fragen im Zusammenhang mit unseren Ermittlungen stellen«, sagte Steen. »Aber vielleicht können Sie uns auch weiterhelfen.«

»Ja, immer gerne.«

»Sie kennen doch sicher Ihren Nachbarn, den Herrn Frauko Willarts?«

»Na, Nachbar ist gut. So drei, vier Kilometer sind das schon. Aber hier sagt man Nachbar dazu.« Sie lächelte hintergründig. »Ja, sicher kenne ich den Herrn Willarts! Ein guter Bauer. Und geschäftstüchtig, kann ich Ihnen sagen. Der hat mit seinen Ausflugsfahrten auf dem Dollart ja so was wie eine Goldader entdeckt, würde ich mal sagen. Das ist nicht mehr wie früher, wo es einfach für den Bauern ausreichte, den Pflanzen und Tieren beim Wachsen zuzusehen! Man muss sich schon was überlegen, um über die Runden zu kommen und auch mal neue Wege gehen.«

»Und der Frauko Willarts ist so einer, der das macht?«

»Ja, der hat schon gute Ideen, von denen einige ziemlich … ungewöhnlich sind. Will ich jetzt nicht so drüber reden, weil die Chefin meinte, ich soll das nicht herumtratschen. Besser ich halt jetzt auch mal meinen Mund. Was mir schwerfällt! Aber egal … »

»Um noch mal auf Frauko Willarts zurückzukommen …«

»Ja, der Frauko ist in Ordnung. Wissen Sie, ich habe insgeheim …« Ihre Stimme wurde jetzt leiser und ihr Tonfall bekam eine vertrauliche Note scheinbarer Verschwiegenheit – obwohl Steen davon überzeugt war, dass sie alles, was sie ihm erzählte, auch zuvor schon ungezählten anderen berichtet hatte. »…immer gehofft, dass aus meiner Nichte Bernhardine und dem Frauko mal was würde. Ein Hochzeitspaar meine ich. Denn wissen Sie, wenn man in der Landwirtschaft lebt und einen Hof geerbt hat, dann ist es ja heute nicht so einfach, jemanden zu finden. Früher mal war das anders, aber heute will ja niemand mehr auf einem Hof leben. Es sei denn, der kennt das von zu Hause oder hat selber einen Hof und weiß daher, was das so mit sich bringt. Und meine Nichte ist ja immer noch ledig!«

Das Wort ledig sprach Frau Alberts wie einen Makel aus.

Gerade die!, dachte Steen. Denn vermutlich hatte Bernhardine Alberts die Ältere auch nie geheiratet, sonst hätte sie vermutlich nicht als typische unverheiratete Tante auf dem Hof ihres Bruders und später ihrer Nichte gelebt!

»Bestand denn irgendwann mal eine realistische Chance, dass die beiden zusammenkommen?«, fragte Steen nun.

Und damit hatte er offenbar ein Thema gefunden, über das Frau Alberts schon lange gerne mal mit jemandem geredet hätte! Jedenfalls sprudelte es daraufhin nur so aus ihr heraus. »Die haben sich ja über eine ganze Weile regelmäßig getroffen. Auch über Nacht!« Frau Alberts kicherte. »Na ja, meine Nichte ist ja langsam auch schon erwachsen.«

»Das heißt, sie hatten ein Verhältnis.«

»Ja, das kann man so sagen. Ich hatte immer gehofft, dass das mehr wird. Ich meine, die Höfe liegen doch wirklich günstig. Hätte man da nicht einfach einen Zaun drum machen können?«

»Das wäre auf jeden Fall passend gewesen«, stimmte Steen zu.

»Sag ich doch! Natürlich habe ich mich da rausgehalten. Meine Nichte ist nämlich so veranlagt, wenn man ihr zu etwas rät, macht sie garantiert das Gegenteil. So war sie schon als Kind. Richtig bockig. Also habe ich mir gesagt: Da bleibe ich lieber dezent im Hintergrund.«

»Ja, ist meistens auch besser so«, mischte sich Ihno Purwin ein.

»Eben, finde ich auch«, meinte Frau Alberts.

»Aber irgendwie hat sich das Ganze nicht so richtig weiterentwickelt, oder sehe ich das falsch?«, hakte Steen noch mal nach. Denn diese Sache interessierte ihn nun.

Frau Alberts seufzte laut und deutlich.

»Ja, das war aber nun nicht meine Schuld.«

»Sondern?«

»Dann tauchte diese Andere auf!«

»Was für eine andere?«

»Die aus Emden. Ute Varels hieß die. Ein pingeliges Aas, kann ich Ihnen sagen. Jedenfalls, was man so gehört hat.«

»Und weil der Frauko Willarts mit der Ute Varels zusammenkam, ist das mit Ihrer Nichte nichts mehr geworden.«

»Na, jetzt ja wieder – wo die weg ist!« Und dann stutzte Frau Alberts plötzlich. Sie sagte einen Augenblick lang gar nichts mehr. Auf ihrer Stirn bildeten sich tiefe Furchen. »Ach deswegen sind Sie hier … Ich habe das in der Zeitung gelesen.«

»Was haben Sie in der Zeitung gelesen?«

»Na, dass man am Emder Borkumkai den Arm einer Frau gefunden hat – und dieser Arm von der Frau Varels stammt.«

»Ja, in der Tat, wir untersuchen den Tod der Frau Varels.«

»Aber – was habe ich damit zu tun?«

»Sie – nichts.«

»Ich meinte natürlich meine Nichte.«

»Frau Alberts, war der Herr Frauko Willarts gestern Abend hier auf dem Hof?«, kam Steen nun zum eigentlichen Anliegen seines Besuchs. Wenn ihm Frau Alberts dies bestätigte, war das unter Umständen nämlich noch sehr viel aussagekräftiger, als wenn dies ihre Nichte tat.

»Ja, der war gestern Abend hier«, bestätigte Frau Alberts.

»Können Sie sagen bis wann?«

»Ich glaube, es war so gegen elf, da hat die Bernhardine ihn noch mit dem Wagen nach Hause gebracht. Sein eigener Wagen war ja wohl in der Werkstatt, wie er sagte. Na ja, wäre ja nicht schlecht, wenn die beiden sich wieder annähern … Aber …« Sie runzelte die Stirn. »Sie denken doch jetzt nicht, dass der Frauko was damit zu tun hat? Also mit dem Arm am Borkumkai meine ich.«

»Frau Alberts, wir …«

»Und warum fragen Sie nach gestern Abend? Ist denn da auch was passiert?«

»Danke schön, Frau Alberts, Sie haben uns sehr geholfen«, sagte Steen.

»Ja, man tut ja, was man kann. Und die Polizei soll man ja auch immer unterstützen.«

»Ja, es wäre schön, wenn alle so denken würden.«

»Trotzdem würde ich gerne wissen, warum Sie nach der letzten Nacht gefragt haben!«

In diesem Augenblick klingelte Steens Handy.

Es war Ulfert.

»Sie entschuldigen mich einen Moment«, sagte Steen und nickte dabei Ihno Purwin zu. Das hieß wohl so viel: ›Jetzt übernimm du mal! Ich mach mich vom Acker!‹

Steen ging ein paar Schritte weiter, während Ihno notgedrungen die Unterhaltung mit Frau Alberts weiterführte.

»Was gibt's, Ulfert?«

»Ich habe die Spur untersucht, die wir auf dem Boot von Frauko Willarts gefunden haben«, berichtete Ulfert.

»Und?«

»Es ist tatsächlich Blut.«

»Aha!«

»Nichts ›aha‹!«, widersprach Ulfert. »Es ist nicht das Blut von Ute Varels.«

»Oh«, machte Steen.

»Passt nicht in dein Konzept, ich weiß. Aber Spuren sind nun mal Spuren, ich kann's nicht ändern. Der Abgleich war negativ.«

»Und von wem ist die Blutspur dann? Vielleicht von Frauko? Ich kann ihn ja mal fragen, ob er freiwillig eine Probe abgibt, damit wir das vergleichen können.«

»Nicht nötig, Steen«, gab Ulfert zurück.

»Wieso?«

»Wir können zwar ohne Vergleichsmaterial nicht sagen, von wem diese Spur stammt. Aber eins steht es: Es muss eine Frau sein! Und das trifft auf Frauko Willarts ja nun auf jeden Fall nicht zu.«

»Eine Frau?«

»Ja.«

»Und da bist du dir absolut sicher?«

»Kein Irrtum möglich, Steen.«

»Dann ergibt das vielleicht alles auch einen Sinn«, murmelte Steen. »Nur einen ganz anderen, als wir bisher gedacht haben.«

»Ja, und dann ist da noch was.«

»Und was?«

»Das betrifft Ute Varels. Ich habe mich jetzt etwas näher mit ihren Handydaten befassen können, zu denen ich über das Tablet ja Zugang habe.«

»Und?«

»Ute Varels hat am Abend ihres Todes eine Nachricht von Frauko Willarts bekommen. Sie solle zum Ditzumer Hafen auf die ›Kleine Dollart Titanic‹ kommen. Es stünde alles für ihn auf dem Spiel. Aber das könnte er ihr nur persönlich sagen. Die Nachricht endet mit dem Halbsatz: ›Du weißt ja, meine Schwester …‹«

»Und diese Nachricht stammt mit Sicherheit von Frauko?«

»Zumindest von seinem Handy.«

»Das hat Frauko schon mal gerne vergessen, wenn er mit der großen ›Dollart Titanic‹ unterwegs war.«

»Du meinst, jemand anderes hat diese Nachricht geschickt?«

»Jemand, der mit Frauko und seinen Angewohnheiten sehr vertraut war.«

»Denkst du …«

»Weißt du was, Ulfert? Ich meld mich wieder. Im Augenblick muss ich eine Treckerfahrerin stoppen!«

Steen beendete das Gespräch.

Langsam begann sich alles zu einem Bild zusammenzufügen.

*

Der Trecker, den Steen und Ihno in der Ferne auf dem Feld gesehen hatten, näherte sich nun.

Auf dem Bock saß Bernhardine Alberts.

Sie fuhr geradewegs auf Steens Dienstwagen zu und stoppte dann ziemlich abrupt. Dann stellte sie den Motor ab und stieg vom Trecker herunter.

163

»Was wollen Sie denn hier?«, fragte sie. Ihr Blick glitt kurz zur Seite, erst zu Ihno, dann zu ihrer Tante. »Hat das alles hier irgendetwas zu bedeuten?«

»Kennen Sie Frau Mareike Willarts?«, fragte Steen.

»Ja, was denken Sie denn? Natürlich kenne ich die! Die kommt ja schließlich aus der Gegend – auch wenn sie in den letzten Jahrzehnten wenig hier gewesen sein dürfte.«

»Sie ist die Schwester von Frauko Willarts.«

»Ja, weiß ich. Warum?«

Sie wischte sich mit dem Handrücken über die Stirn.

»Mareike Willarts hat ihren Bruder unter Druck gesetzt. Denn sie wusste von dessen Schatzfund. Und ich nehme an, dass sie auch davon wusste, dass Sie in dieser Sache mit drinstecken.«

»Wie … Was … » Sie blickte zu ihrer Tante. »Was hast du ihnen erzählt?«, rief sie zu ihr hinüber.

»Ich weiß gar nicht, was hier jetzt los ist und warum du so gereizt bist, Kind!«

»Wir waren eigentlich hier, um ein Alibi zu überprüfen.«

»Ach!«

»Und zwar das Alibi von Herrn Frauko Willarts gestern Abend. Ihre Tante hat ausgesagt, dass er hier war und Sie ihn so gegen elf nach Hause gebracht haben. Sein Wagen war nämlich in der Werkstatt und bei Dunkelheit noch über die Äcker nach Hause zu laufen … Das wollten Sie ihm ersparen.«

»Ja, so war das. Das kann ich bestätigen. War's das?«

»Nein, das war es nicht.«

»Was wollen Sie denn noch?«

»Ich glaube, es war so: Nachdem Sie Frauko nach Hause gebracht haben, sind Sie nicht gleich wieder zurück auf Ihren Hof gefahren.«

»Nicht?« Sie wandte sich an ihre Tante. »Was um Himmels willen hast du denen erzählt!«

»Gar nichts!«

»Lüg nicht!«

»Ich lüge nicht!«

Bernhardine die Jüngere war außer sich. Nur mit Mühe konnte sie sich fassen. Ihr Gesicht lief hochrot an.

»Sie sind nach Emden gefahren, zur Wohnung von Mareike Willarts, haben an ihrer Tür geklingelt und ihr eins über den Schädel gezogen. Vielleicht auch noch eins. Den stumpfen Gegenstand hatten Sie dabei. Vielleicht ein Schraubenschlüssel oder eine Keule zum Jonglieren!«

»Das ist doch alles Unsinn!«

»Dann sind Sie zurückgefahren.«

»Dafür gibt es doch gar keinen Grund!«

»Wenn wir hier alles durchsucht haben, werden wir sicher auf den Grund stoßen. Vielleicht hängt es damit zusammen, dass Sie auch auf Ihrem Grund und Boden zusammen mit Frauko nach alten Häuptlingsschätzen gegraben und vermutlich auch was gefunden haben. Natürlich haben Sie das nicht gemeldet. Und deswegen hatte Fraukos Schwester Sie und ihn in der Hand. Gerade jetzt, wo Sie beide sich doch wieder angenähert hatten und vielleicht doch noch was aus Ihnen werden könnte … Aber nicht mit dieser gierigen, skrupellosen Mareike im Nacken!«

»Hören Sie auf!«

»Frauko hat sie sicher auch gehasst. Aber nicht so sehr, dass er sie ermordet hätte. Das hätte er um seiner Eltern willen nicht übers Herz gebracht, da bin ich mir inzwischen sicher. Aber Sie haben da weniger Hemmungen.«

»So?«

»Erstens war Mareike ja nicht Ihre Schwester. Und zweitens war das ja auch schon Ihr zweiter Mord. Und da ist die Hemmschwelle dann schon etwas niedriger.«

Bernhardine verschränkte die Arme vor der Brust. Ihr Gesicht wirkte wie eine starre Maske.

»Bernhardine, was hör ich da über dich! Das kann doch alles nicht wahr sein«, war die Stimme ihrer Tante zu vernehmen und die Erschütterung, die die alte Frau empfand, war nicht zu überhören.

»Ihre Tante hat sich sehr gewünscht, dass aus dem Frauko und Ihnen ein Paar wird«, sagte Steen. »Und ich glaube, Sie haben sich das auch sehr gewünscht.«

»Was haben denn Sie für eine Ahnung!«

»Ute Varels war Ihnen im Weg. Aus mehreren Gründen. Nicht nur, weil sie der Grund dafür war, dass sich Frauko nicht mehr mit Ihnen beschäftigt hat. Sondern auch deshalb, weil Sie ihr nicht getraut haben, dass sie wirklich über die Schatzfunde schweigt. Denn sie wusste ebenfalls Bescheid. Das war ja auch nicht schwer herauszufinden!«

»Ich hoffe, Sie kommen nicht nur mit haltlosen Unterstellungen, sondern auch mit Beweisen. Andernfalls …«

»Sie sollten jetzt reinen Tisch machen«, sagte Steen. »Wir haben die Blutspur einer Frau auf dem Boot von Frauko Willarts gefunden. Ein DNA-Abgleich mit einer Speichelprobe von Ihnen würde wohl eindeutig ausfallen.«

»Ich bestreite ja nicht, dass ich öfter mal auf dem Boot war! Und manchmal verletzt man sich an irgendeinem Haken.«

»Nein, das ist nicht wahr, Frau Alberts! Sie waren mit Frauko auf dem Boot, aber das ist länger her. Diese Blutspur kann aber so alt noch nicht sein. Dann hätten wir sie nicht mehr gefunden. Spätestens der erste Regenguss hätte sie vollkommen vernichtet. Sie waren also später noch auf dem Boot – und zwar in jener Nacht, in der Ute Varels starb.«

»Das ist Unsinn!«

»Sie haben sie zum Ditzumer Hafen bestellt. Mit einer Handy-Nachricht.«

»Glauben Sie, die wäre gekommen, wenn ich ihr eine Nachricht geschickt hätte?«

»Natürlich nicht. Deswegen haben Sie ja auch Fraukos Handy genommen. Sie kannten seine Gewohnheiten. Es muss Ihnen aufgefallen sein, dass er öfter mal sein Handy auf dem Ausflugsschiff vergaß, vor allem wenn er die Jacke auszog. Es war eine Kleinigkeit für Sie, da mal eben nachzusehen. Wahrscheinlich war das sogar der Anfang. Und Sie dachten sich: Das ist die Gelegenheit. Eine dringende Nachricht und

Ute Varels wird hier auftauchen. Sie mussten es nur dringend genug machen. Aber da haben Sie offenbar den richtigen Ton getroffen. Ein paar Andeutungen über das schwelende Problem mit der neugierigen Schwester, die Sie alle in Gefahr bringen konnte.«

»Das trauen Sie mir wirklich zu?«

»Sie haben auf dem Boot auf Ute Varels gewartet. Wie Sie in die Kajüte kommen konnten, haben Sie mir ja selbst erzählt, als Sie mir beschrieben haben, wie Sie an die Jacke gekommen sind, die dort wohl noch immer hing. Das war kein Problem.«

»Ich habe Ute Varels also Ihrer Meinung nach umgebracht!«

»Sie haben sie genauso erschlagen wie Mareike Willarts. Ich bin überzeugt davon, dass an den Jonglierkeulen in Ihrem Wagen noch Spuren sind. Selbst wenn Sie sie abgewischt haben, wird da etwas haften geblieben sein. Holz ist ein sehr aufnahmefähiges Material. Und wir haben inzwischen Methoden, um selbst kleinste Spuren nachzuweisen und einem Opfer oder einem Täter zuzuordnen.«

»Und wie sollte dann der Arm von Ute Varels zum Borkumkai kommen? Haben Sie dafür auch eine Erklärung?«

»Sie sind in dieser Nacht mit dem Boot rausgefahren.«

»Ich hätte Fraukos Schlüssel gebraucht, um den Motor anzumachen! Und seine Schlüssel verlegt er nie!«

»Nein, Sie brauchten keinen Schlüssel«, widersprach Steen. »Sie können nämlich sehr gut segeln. Als Jugendliche haben Sie einige Optimisten-Regatten gewonnen. So was verlernt man nicht. Sie sind rausgefahren, sehr weit raus und dann haben Sie Ute Varels über Bord geworfen. Sie dachten, dass man die Leiche nie finden würde. Und wahrscheinlich wäre das auch so gewesen, wenn da nicht zwei Faktoren gewesen wären, mit denen Sie nicht gerechnet haben.«

»Ach!«

»Der eine Faktor ist Ebbe und Flut. Da hätten Sie sich einfach einen anderen Zeitpunkt aussuchen müssen, aber das war ja aus ein paar anderen Gründen, die ich gerade schon erwähnt hatte, nicht möglich. Und der zweite Faktor war die Fähre. Dass die zumindest einen Arm der Toten zurück an Land bringen würde, war nicht vorhersehbar.«

»Das ist doch alles …«

»Wir wissen, dass das Boot in jener Nacht zur fraglichen Zeit nicht im Hafen war. Sie war Ihnen im Weg. Und das in mehrfacher Hinsicht. Darum musste sie weg. Einfach weg.«

Jetzt sagte Bernhardine nichts mehr. Sie atmete tief und heftig und wirkte dabei wie ein Vulkan kurz vor der Explosion.

Ihre Tante meldete sich zu Wort.

»Das ist doch wohl nicht wahr, was ich hier gehört habe! Das kann ich nicht fassen! Sag doch was dazu! Bernhardine!«

Aber ihre Nichte war im Augenblick vollkommen unfähig, überhaupt etwas zu sagen.

»Sie müssen mit uns kommen«, sagte Steen ruhig. »Daran führt kein Weg mehr vorbei. Und ich würde sagen, Sie packen sich ein paar Dinge ein, denn so schnell werden Sie, glaube ich, nicht zurückkehren.«

In Bernhardines Augen blitzte es jetzt.

Ihr Gesicht wurde zu einer Grimasse.

»Nein!«, stieß sie hervor.

*

Plötzlich ging ein Ruck durch Bernhardines Körper. Sie drehte sich um, lief zum Trecker und stieg auf den Bock.

»Bleiben Sie stehen!«, rief Ihno Purwin.

»Bernhardine!«, rief ihre Tante dazwischen. Es folgte noch etwas, aber das konnte man nicht mehr verstehen, weil Bernhardine jetzt den Motor anließ.

Steen war der rustikale Trecker-Fahrstil von Bernhardine Alberts noch gut in Erinnerung und so befürchtete er das Schlimmste. Sie setzte zurück. Dann drehte sie. Dann gab sie

Vollgas. Der Trecker fuhr querfeldein, mitten durch den Acker.

Einfach nur drauflos und weg schien ihre Devise zu sein.

»Oh nein, das muss doch jetzt nicht sein«, meinte Steen, der sich in etwa ausmalen konnte, was jetzt passieren würde.

Er wandte sich an Ihno Purwin.

»Ihno, das wäre jetzt der passende Moment für den Schusseinsatz, oder sehe ich das falsch?«

»Du bist doch der Kommissar!«, meinte Ihno.

»Ich habe meine Waffe im Büro vergessen«, sagte Steen. »Aber Handschellen habe ich mit!«

»Ja, Steen, die kommen ja jetzt erstmal wohl nicht zum Einsatz – aufgrund der besonderen Gegebenheiten, die wir im Moment haben!«

»Ihno, worauf wartest du noch! Warnschuss! Und dann in die Reifen!«

Ihno Purwin zog also die Dienstwaffe aus dem Holster.

Der Trecker mit der flüchtigen Mörderin entfernte sich derweil zusehends. Für die gewaltigen Räder der leistungsstarken Maschine gab es anscheinend überhaupt keine Hindernisse. Und eins musste man Bernhardine Alberts wirklich lassen: Sie war eine meisterhafte Treckerfahrerin.

»Jetzt bin ich so lange bei der Polizei«, sagte Ihno. »So viele Jahrzehnte Streifendienst, und Innendienst und was nicht alles …«

»Ja, wie lange willst denn noch warten, Ihno!

»Aber ich hatte in der ganzen Zeit noch nie einen Einsatz mit Schusswaffe. In der ganzen Zeit nicht.«

»Jetzt drück endlich ab, sonst müssen wir am Ende kilometerweit durch den Dreck latschen, Ihno!«

Ihno Purwin schoss.

In die Luft natürlich. Ein Warnschuss, der selbst auf diese Distanz natürlich unüberhörbar war.

Auf die Flüchtende machte das allerdings keinerlei Eindruck. Sie fuhr einfach weiter.

Aber noch bevor Ihno Purwin auf einen der dicken Hinterreifen des Treckers hatte zielen können, blieb das Gefährt plötzlich stehen. Der Motor heulte auf und erinnerte Steen etwas an den Klang einer wütenden Hummel. Die Räder drehten durch. Offenbar war Bernhardine Alberts mit ihrem Trecker an einer weichen Stelle stecken geblieben. Erde wurde durch die Hinterräder aufgewühlt, aber der Trecker grub sich nur noch stärker in den Boden hinein.

»Laufen müssen wir jetzt trotzdem noch«, sagte Steen.

»Leider«, sagte Ihno und senkte die Waffe.

»Da hast du während deiner letzten Zeit auf unserer Dienststelle noch mal alles mitbekommen, was ein Berufsleben als Polizist so bringen kann«, sagte Steen. »Selbst einen Schusswaffengebrauch.«

»Ja, wer hätte das gedacht!«

»Ich hoffe, du bist jetzt nicht traumatisiert, Ihno.«

»Nee, das nun nicht gerade.«

»Dann ist es ja gut.«

»Aber öfter muss ich das eigentlich auch nicht haben.«

Steen und Ihno gingen derweil auf den Trecker zu.

Bernhardine Alberts war regungslos sitzen geblieben. Der Motor lief aber noch.

»Vielleicht sollten wir uns ein bisschen beeilen«, sagte Ihno.

»Die läuft uns nicht mehr weg«, sagte Steen.

»Woher willst du das wissen?«

»Menschenkenntnis.«

*

Sie erreichten schließlich den Trecker. Bernhardine Alberts hatte sich vorn über das Lenkrad gebeugt. Sie wirkte wie erstarrt.

Steen sprach sie an.

»Frau Alberts?«

Sie reagierte zunächst nicht.

Ihno nahm schon mal die Handschellen vom Gürtel.

»Frau Alberts, stellen Sie bitte den Motor ab«, sagte er.

Bernhardine Alberts gehorchte. Der Motor machte noch ein paar tuckernde Geräusche. Dann war Schluss.

»Ich glaube, das war keine gute Idee, oder?«, meinte sie.

Steen schüttelte den Kopf. »Nein, war es nicht.«

»Tut mir leid.«

»Ich hoffe, Sie meinen damit nicht nur Ihren Fluchtversuch, sondern auch die beiden Morde.«

»Ich hatte doch keine andere Wahl«, meinte sie.

»Sie werden verstehen, wenn ich das ein bisschen anders sehe«, sagte Steen.

»Es hätte alles so schön werden können ... mit Frauko. Mit dem Gold der Häuptlinge. Aber dann musste da ja diese Ute Varels auftauchen!«

»So ist es eben manchmal«, sagte Steen.

»Das mit Ute Varels tut mir leid. Da ist der Egoismus mit mir durchgegangen. Ich wollte einfach nicht zulassen, dass sie das Glück bekommt, was mir zugestanden hätte.«

»Und Mareike?«

»Das tut mir nicht leid«, sagte sie. »Sie hätten sie kennenlernen müssen, dann hätten Sie gewusst, was ich meine!«

»Ich habe sie gekannt«, sagte Steen. »Und ich weiß, wie sie war. Glauben Sie mir.«

»Dann können Sie sich ja vielleicht vorstellen, dass sie Frauko das Leben zur Hölle gemacht hätte! Und mir auch! Vielleicht hätte sie sich für kurze Zeit mit irgendeiner Summe zufriedengegeben, aber das wäre nicht lange gut gegangen.«

»Woher wollen Sie das wissen?«

»Frauko hatte ihr doch schon was überwiesen. So viel wie möglich war. Aber ihre Gier wäre unersättlich gewesen. Die hatte keine Skrupel. Die hätte uns beide, Frauko und mich, zugrunde gerichtet, ohne mit der Wimper zucken.«

»Es ist leider nicht erlaubt, böse Menschen umzubringen«, sagte Steen. »So viel Verständnis ich da im Einzelfall vielleicht auch aufbringen könnte. Aber es hätte auch eine andere Möglichkeit gegeben.«

»Ach ja?«

»Sie und Frauko hätten melden können, was Sie gefunden haben.«

»Sie reden wie diese pingelige Ute Varels«, sagte Bernhardine.

Steen atmete tief durch.

»Ja, was Menschenleben angeht, bin ich von Berufs wegen nun mal pingelig«, gab er zu.

»Aber wissen Sie was? Selbst Ute hatte ihre Meinung in diesem Punkt geändert!«

»Wie auch immer«, sagte Steen.

Bernhardine sah in Richtung des Hofes. Ihre Tante stand dort mit verschränkten Armen und sah ihnen entgegen.

»Was sage ich ihr denn?«, fragte Bernhardine.

»Am besten die Wahrheit«, meinte Steen. »Die währt am längsten.«

ENDE

Klarant Verlag

Lernen Sie die Ostfrieslandkrimi-Titel des Klarant Verlages kennen und besuchen Sie uns im Internet unter:

www.ostfrieslandkrimi.de

und

www.klarant.de

Sie können dort Näheres über unsere Autoren erfahren, viele weitere interessante Bücher und eBooks finden und Leseproben herunterladen. Mit dem kostenlosen Newsletter auf:

www.ostfrieslandkrimi-lesen.de

erhalten Sie aktuelle Informationen rund um das Verlagsprogramm, wie beispielsweise spannende Neuerscheinungen und Gewinnspiele.